LE MASQUE
Collection de romans d'aventures
créée par
ALBERT PIGASSE

DESTINATION INCONNUE

Liste alphabétique complète des

Romans d'Agatha Christie

(Masque et Club des Masques)

	Masque	Club des masques
A.B.C. contre Poirot	263	296
L'affaire Prothéro	114	36
A l'hôtel Bertram	951	104
Allô ! Hercule Poirot ?	1175	284
Associés contre le crime	1219	244
Le bal de la victoire	1655	561
Cartes sur table	274	364
Le chat et les pigeons	684	26
Le cheval à bascule	1509	514
Le cheval pâle	774	64
Christmas Pudding		42
(Dans le Masque : Le retour d'Hercule Poirot)		
Cinq heures vingt-cinq	190	168
Cinq petits cochons	346	66
Le club du mardi continue	938	48
Le couteau sur la nuque	197	135
Le crime de l'Orient-Express	169	337
Le crime du golf	118	265
Le crime est notre affaire	1221	228
La dernière énigme	1591	530
Destination inconnue	526	58
Dix brèves rencontres	1723	578
Dix petits nègres	299	402
Drame en trois actes	366	192
Les écuries d'Augias	913	72
Les enquêtes d'Hercule Poirot	1014	96
La fête du potiron	1151	174
Le flambeau	1882	584
Le flux et le reflux	385	235
L'heure zéro	349	439
L'homme au complet marron	69	124
Les indiscrétions d'Hercule Poirot	475	142
Je ne suis pas coupable	328	22
Jeux de glaces	442	78
La maison biscornue	394	16
La maison du péril	157	152
Le major parlait trop	889	108
Marple, Poirot, Pyne et les autres	1832	583
Meurtre au champagne	342	449
Le meurtre de Roger Ackroyd	1	415
Meurtre en Mésopotamie	283	28
Le miroir du mort		94
(dans le Masque : Poirot résout trois énigmes)		

	Masque	Club des masques
Le miroir se brisa	815	3
Miss Marple au club du mardi	937	46
Mon petit doigt m'a dit	1115	201
La mort dans les nuages	218	128
La mort n'est pas une fin	511	90
Mort sur le Nil	329	82
Mr Brown	100	68
Mr Parker Pyne	977	117
Mr Quinn en voyage	1051	144
Mrs Mac Ginty est morte	458	24
Le mystère de Listerdale	807	60
La mystérieuse affaire de Styles	106	100
Le mystérieux Mr Quinn	1045	138
N ou M?	353	32
Némésis	1249	253
Le Noël d'Hercule Poirot	334	308
La nuit qui ne finit pas	1094	161
Passager pour Francfort	1321	483
Les pendules	853	50
Pension Vanilos	555	62
La plume empoisonnée	371	34
Poirot joue le jeu	579	184
Poirot quitte la scène	1561	504
Poirot résout trois énigmes	714	
(Dans le Club : Le miroir du mort)		
Pourquoi pas Evans?	241	9
Les quatre	134	30
Rendez-vous à Bagdad	430	11
Rendez-vous avec la mort	420	52
Le retour d'Hercule Poirot	745	
(Dans le Club : Christmas Pudding)		
Le secret de Chimneys	126	218
Les sept cadrans	44	56
Témoin à charge	1084	210
Témoin indésirable	651	2
Témoin muet	377	54
Le train bleu	122	4
Le train de 16 h 50	628	44
Les travaux d'Hercule	912	70
Trois souris...	1786	582
La troisième fille	1000	112
Un cadavre dans la bibliothèque	337	38
Un deux trois	359	1
Une mémoire d'éléphant	1420	469
Un meurtre est-il facile?	564	13
Un meurtre sera commis le...	400	86
Une poignée de seigle	500	40
Le vallon	361	374
Les vacances d'Hercule Poirot	351	275

Agatha Christie

DESTINATION INCONNUE

Traduit de l'anglais par Michel Le Houbie

Librairie des Champs-Élysées

Ce roman a paru sous le titre original :

DESTINATION UNKNOWN

CHAPITRE PREMIER

L'homme assis derrière le bureau déplaça de quelques centimètres sur la droite un lourd presse-papiers en verre. Plutôt que pensif ou préoccupé, son visage semblait dépourvu d'expression. Il avait le teint pâle des gens qui passent la plus grande partie de leurs journées à la lumière artificielle. On devinait en lui un homme de cabinet. Un homme de dossiers et de fiches. Et le fait que pour parvenir jusqu'à lui, il fallait suivre de longs et tortueux couloirs souterrains avait quelque chose d'étrange et d'insolite. Il eût été difficile de lui donner un âge. Il ne paraissait ni vieux, ni jeune. Il n'avait pas de rides, mais une grande lassitude se lisait dans ses yeux.

L'autre personnage qui se trouvait dans la pièce était son aîné. Brun, avec une petite moustache d'allure militaire, il débordait manifestement d'activité et d'énergie. Incapable de tenir en place, il se promenait de long en large, jetant de temps à autre, d'une voix brève, quelque remarque explosive :

— Des rapports, des rapports et encore des rapports!... Et pas un, dans le tas, dont on puisse tirer quelque chose!

L'homme qui était au bureau baissa les yeux sur les papiers qu'il avait devant lui. Sur le dessus, il y avait une fiche de carton, portant un nom, suivi d'un point d'interrogation : « Betterton, Thomas Charles ? » Hochant la tête, il dit :

— Ces rapports, vous les avez étudiés et ils ne contiennent rien d'intéressant ?

L'autre haussa les épaules.

— Comment l'affirmer ?

— Évidemment, on ne sait jamais!

— On l'a vu sur la Riviera, on l'a rencontré à Anvers,

identifié de façon certaine à Oslo, aperçu à Biarritz, remarqué à Strasbourg, où son comportement a semblé suspect. On l'a vu sur la plage d'Ostende, en compagnie d'une blonde magnifique, et se promenant dans les rues de Bruxelles, avec un superbe greyhound. On ne l'a pas encore rencontré au Zoo, le bras posé sur l'encolure d'un zèbre, mais je suis tranquille, ça viendra!

— Personnellement, Wharton, avez-vous une idée? Pour moi, j'attendais beaucoup de la piste d'Anvers, mais elle n'a mené nulle part. Évidemment...

L'homme se tut, comme brusquement plongé dans un abîme de réflexions, dont il ne sortit que pour prononcer des mots assez énigmatiques :

— Oui, c'est probable. Malgré cela, je me demande...

Le colonel Wharton s'assit sur le bras d'un fauteuil.

— Il faut pourtant en finir! s'écria-t-il, un peu d'exaspération dans la voix. Il y a là un *pourquoi*, un *comment* et un *où* qui ne peuvent pas éternellement rester sans réponse! On ne peut pas continuer à perdre tous les mois un savant spécialisé, sans jamais être fichu de dire comment il disparaît, *pourquoi* il s'en va et *où* il s'est rendu! Est-ce où nous pensons ou ailleurs? Nous avons toujours eu là-dessus notre opinion, mais je ne suis plus tellement sûr qu'elle vaille quelque chose! Avez-vous lu les derniers rapports sur Betterton qui nous sont arrivés des États-Unis?

L'homme assis au bureau hocha la tête.

— Oui. Il a eu des idées de gauche quand c'était la mode, mais, autant que nous sachions, il ne les a pas gardées longtemps. Il a fait du bon travail avant la guerre, mais rien de sensationnel. Quand Mannheim s'est enfui d'Allemagne, Betterton lui a été adjoint, en qualité d'assistant, et il a fini par épouser la fille de Mannheim. Après la mort de Mannheim, il a poursuivi les travaux du savant allemand et il est devenu célèbre avec sa stupéfiante découverte de la fission ZE. Une véritable révolution scientifique, qui l'a mis en vedette. On pouvait lui prédire une carrière extrêmement brillante, quand la mort de sa femme, survenue peu après leur mariage, l'a laissé désemparé. Il est venu en Angleterre et, depuis un an et demi, il est à Harwell. Il s'est remarié, il y a six mois.

— Rien de ce côté-là?

— A notre connaissance, non. C'est la fille d'un avoué de

Harwell et, avant son mariage, elle travaillait dans une compagnie d'assurances. D'après nos renseignements, elle ne s'est jamais occupée de politique.

— La fission ZE! s'exclama Wharton, d'un ton dégoûté. Où ils vont chercher ces noms-là, je me le demande! Je dois être vieux jeu. Jamais je n'ai vu une molécule et aujourd'hui, eux, ils en sont à diviser l'univers, avec des bombes atomiques, des fissions nucléaires, des fissions ZE et je ne sais quoi encore! Et Betterton était un des as de la spécialité!... Qu'est-ce qu'on dit de lui, à Harwell?

— Qu'il avait une personnalité très attachante. Quant à ses travaux, ils ne présentaient rien d'exceptionnel. De simples variations sur les applications pratiques de la fission ZE...

Les deux hommes gardèrent le silence un instant. Ils avaient parlé comme à bâtons rompus. Les rapports des services de sécurité formaient une pile sur le bureau et ces rapports ne disaient rien d'intéressant.

— Bien entendu, reprit Wharton, quand il est arrivé en Angleterre, on s'est sérieusement renseigné sur son compte?

— Oui. Les résultats de l'enquête ont été très satisfaisants.

— Dix-huit mois! dit Wharton songeur. Vous savez que ça *les* fiche par terre? Des mesures de sécurité, l'impression d'être tout le temps sous le microscope, cette vie de reclus, tout ça finit par leur être insupportable. Ils deviennent nerveux, bizarres, je l'ai souvent constaté, et se mettent à rêver d'un monde idéal. On est libre, on est fier, on n'a pas de secret les uns pour les autres et on travaille tous pour le bien de l'humanité! Quand ils en sont là, quelqu'un entre en scène, qui justement représente plus ou moins la lie de l'humanité, quelqu'un qui sait que son heure est venue et qui ne la laisse pas passer!

Se grattant le nez, il ajouta :

— Il n'y a pas plus crédule qu'un savant, tous les faux médiums vous le diront. Pourquoi? Ça, je ne le vois pas!

L'autre eut un sourire désabusé.

— Il ne peut pas en aller autrement, dit-il. Le savant est sûr de savoir, et c'est toujours dangereux. Nous, nous sommes d'une autre espèce. Nous sommes pleins d'humilité et nous ne nous imaginons pas sauver le monde. Nous sauvons ce que nous pouvons et nous tâchons d'enlever les pièces qui empêcheraient la machine de tourner.

Frappant de la pointe de l'index sur la table il poursuivit :

— Si seulement j'en savais un peu plus long sur Betterton! Je ne parle pas de son passé, de ce qu'il a pu faire, mais de ces petits riens qui nous éclairent sur la personnalité d'un individu : les plaisanteries qui l'amusent, les choses qui le font jurer, les gens qu'il admire et ceux qui l'exaspèrent!

— Vous avez vu sa femme?

— A plusieurs reprises.

— Elle ne vous a été d'aucun secours?

— Jusqu'à présent, non.

— Vous croyez qu'elle sait quelque chose?

— Naturellement, elle prétend ne rien savoir. Attitude traditionnelle. Comme le reste : douleur, angoisse, « rien ne laissait prévoir », « mon mari menait la vie la plus régulière, il n'avait aucun souci d'aucune sorte », etc, etc. D'après elle, il aurait été enlevé.

— Vous, vous ne la croyez pas?

L'homme du bureau poussa un soupir.

— J'ai une tare : je ne crois jamais personne.

— A quoi ressemble-t-elle? demanda Wharton.

— C'est une femme très ordinaire, comme vous en rencontrez tous les jours chez vos amis bridgeurs!

— Je vois. Ça rend le problème plus difficile!

— Elle est ici en ce moment. Elle vient me voir et nous allons, une fois encore battre le même terrain!

— C'est la seule méthode, dit Wharton. Moi, d'ailleurs, elle ne me conviendrait pas. Je n'aurais pas la patience!

Il se leva.

— Je m'en vais. Nous n'avons guère progressé, hein?

— Malheureusement, non. Vous pourriez revoir d'un peu près ce rapport d'Oslo. Il pourrait bien être là-bas.

Wharton acquiesça d'un mouvement de tête et sortit. L'autre décrocha le récepteur du téléphone.

— Je vais recevoir Mrs Betterton. Envoyez-la-moi!

Quelques instants plus tard, on frappait à la porte et Mrs Betterton fut introduite. C'était une femme de belle taille, paraissant vingt-sept ans environ. Le plus remarquable en elle, c'était ses cheveux, une magnifique chevelure d'un brun roux, d'une splendeur flamboyante. Le visage était insignifiant, avec des yeux bleu vert et des cils très clairs, si fréquents chez les rousses. Il observa qu'elle n'était pas maquillée et ce détail l'occupa, tandis que, après avoir salué sa visiteuse, il l'invitait à s'installer confortablement dans le fauteuil le plus proche de son bureau. A cause de cette absence de fard, il inclinait à penser que Mrs Betterton en savait plus qu'elle ne prétendait. Une femme vraiment malheureuse et inquiète ne néglige pas son maquillage. Elle le soigne, au contraire, parce qu'elle sait que le chagrin enlaidit. Il se demandait si Mrs Betterton ne faisait pas exprès de ne pas se farder, afin de mieux tenir son rôle d'épouse affolée par la douleur.

A peine assise, d'une voix angoissée, elle dit :

— J'espère, monsieur Jessop, que vous avez des nouvelles et que c'est pour cela...

Il secoua la tête :

— Je suis désolé, madame, de vous avoir fait venir et de n'avoir rien de neuf à vous apprendre.

Olive Betterton sourit tristement.

— Je sais. Votre lettre m'avait prévenue. Mais je voulais croire que depuis que vous l'aviez écrite... Malgré cela, je suis contente d'être venue. Rester chez soi, à s'interroger, à retourner perpétuellement les mêmes idées dans sa tête, c'est le pire de tout! Parce qu'on se rend compte qu'*on ne peut rien faire!*

L'homme qu'elle avait appelé Jessop reprit d'une voix très douce :

— Vous ne m'en voudrez pas, madame, de vous poser de nouveau aujourd'hui les questions que je vous ai déjà posées, de revenir avec vous sur des faits que nous avons déjà examinés ensemble. Il est toujours *possible* qu'un petit détail nous apparaisse qui jusqu'alors nous avait échappé, un détail auquel on n'avait pas pensé et qui peut être lourd de signification...

— Je comprends fort bien. Vous pouvez me demander tout ce que vous voulez.

— C'est bien le 23 août que vous avez vu votre mari pour la dernière fois?

— Oui.

— Le jour où il a quitté l'Angleterre, pour se rendre à une conférence tenue à Paris?

— Exactement.

Jessop poursuivit :

— Il a assisté aux réunions des deux premiers jours. Le

troisième jour, on ne l'a pas vu. Il semble qu'il avait dit à un de ses collègues que, ce jour-là, il ferait une promenade en bateau-mouche.

— En bateau-mouche? Qu'est-ce que c'est qu'un bateau-mouche.

Jessop sourit.

— Un petit bateau qui navigue sur la Seine.

Le regard fixé sur son interlocutrice, il ajouta :

— Ça ne vous paraît pas étrange, ça, de la part de votre époux?

— Si, dit-elle. A mon avis, les travaux de la conférence l'intéressaient plus que les promenades sur la Seine.

— Je n'en doute pas. Il est vrai que, ce jour-là, la question portée à l'ordre du jour n'était pas de celles qui retenaient plus particulièrement son attention. Il pourrait donc fort bien s'être donné congé. D'après vous, ça ne lui ressemblerait guère?

— Non.

— Ce soir-là, reprit Jessop, il n'est pas rentré à son hôtel. Autant qu'on ait pu l'établir, il n'est pas sorti de France, du moins en utilisant son propre passeport. Se peut-il qu'il en ait eu un autre?

— Un autre? Pour quoi faire?

— Vous ne lui avez jamais vu entre les mains un passeport qui ne fût pas à son nom?

— Jamais!

Elle ajouta, s'animant soudain :

— Et jamais vous ne me ferez croire, comme vous le pensez tous, qu'il est parti de son plein gré! Il lui est arrivé quelque chose. Ou bien, alors, il a perdu la mémoire!

— Il se portait bien?

— Très bien. Travaillant beaucoup, il était quelquefois très fatigué, mais as santé était excellente.

— Vous n'avez pas eu l'impression qu'il était soucieux ou... déprimé?

— Jamais!

Elle tira son mouchoir de son sac à main. Ses doigts tremblaient.

— C'est épouvantable! s'écria-t-elle d'une voix brisée. On dirait que je vis un mauvais rêve! Jamais il ne s'est absenté sans me prévenir. Il lui est arrivé quelque chose, j'en suis sûre!

On l'a enlevé ou, alors, on l'a tué! C'est une idée qui me révolte, mais plus j'y songe, et plus je suis persuadée qu'il est mort à l'heure qu'il est!

Jessop protesta :

— Voyons! Voyons!... C'est une hypothèse que rien ne justifie. Si vous aviez raison, il y a longtemps qu'on aurait retrouvé son corps!

— Pas sûr! On peut fort bien l'avoir jeté à l'eau ou l'avoir précipité dans un égout! A Paris, tout est possible!

— Je puis vous certifier, madame, que Paris est une ville où la police est bien faite!

Cessant de se tamponner les yeux avec son mouchoir, elle répliqua, agressive :

— Votre idée, je la connais, mais vous vous trompez! Tom n'était pas homme à trahir ou à vendre des secrets. Il n'était pas communiste. Dans sa vie, il n'y avait rien à cacher!

— Quelles étaient ses idées politiques?

— Aux États-Unis, il était démocrate, je crois. Ici, il votait travailliste. Mais la politique ne l'intéressait pas. C'était un homme de science, uniquement.

D'un air de défi, elle ajouta :

— Un grand savant!

— Exact, dit Jessop. Un grand savant... C'est toute l'affaire! Il se peut fort bien qu'on lui ait fait des offres considérables pour le décider à quitter l'Angleterre et à aller travailler ailleurs.

— C'est faux!

D'une voix indignée, elle poursuivit :

— C'est ce que les journaux voudraient faire croire et c'est ce que vous croyez, vous! Mais ce n'est pas vrai! Jamais il ne serait parti sans me dire où il allait, ou sans m'en dire assez pour que je puisse le deviner!

— Et il ne vous a rien dit?

Elle supporta son regard sans broncher.

— Rien. Je ne sais pas où il est. Pour moi, ou il a été enlevé, ou il est mort. Seulement, s'il est mort, il faut que je le sache! Et le plus vite possible. Parce que je ne peux pas vivre comme ça! Je ne mange plus, je ne dors plus, je suis malade de chagrin et d'inquiétude. Ça ne peut pas durer! Mais vous ne pouvez donc rien pour moi? *Rien?*

Il se leva et vint près d'elle.

— Je suis désolé, madame. Vraiment!... Permettez-moi de vous dire que nous faisons tout ce que nous pouvons pour savoir ce qu'il est advenu de votre mari. Des rapports, nous en recevons tous les jours, et de partout!

— Que disent-ils?

— Il faut le temps de les examiner, de les passer au crible, de faire des vérifications. Mais, dans l'ensemble, je ne saurais vous le cacher, ils restent très vagues.

— Mais *il faut que je sache!* Ça ne peut pas continuer comme ça!

— Vous aimez votre mari?

— Comment, si je l'aime? Mais il y a à peine six mois que nous sommes mariés!

— Je sais. Et, vous me pardonnerez de vous poser la question, il n'y a jamais eu de disputes entre vous?

— Jamais!

— Vous n'aviez aucune raison d'être jalouse?

— Aucune. Je vous le répète, nous nous sommes mariés en avril dernier!

— Croyez, chère madame, que je ne tiens pas cette supposition pour vraisemblable! Il se trouve seulement qu'elle est de celles que je suis obligé d'envisager, parce qu'elle pourrait expliquer la disparition de votre époux. Vous m'avez assuré qu'il ne vous a pas semblé, en ces derniers temps, préoccupé, nerveux, irritable?

— Certainement pas!

— Vous savez, madame Betterton, que, dans un poste comme celui qu'occupait votre mari, on a le droit d'avoir les nerfs à fleur de peau?

Avec un sourire, il ajouta :

— En fait, ce serait plutôt normal!

Elle ne lui rendit pas son sourire.

— Tom, affirma-t-elle, était tel que je l'ai toujours connu.

— Vous parlait-il parfois de ses travaux?

— Jamais. Je n'aurais rien compris à ses explications!

— Il ne lui arrivait pas, quelquefois, d'avoir des scrupules? Ces engins de destruction, certains savants se demandent...

— Il ne m'a jamais parlé de rien de tel!

Jessop retourna à son bureau.

— Chère madame, dit-il d'une voix qui se voulait persuasive, je souhaiterais que vous compreniez que je m'efforce de me faire une image exacte de votre mari... et que vous ne m'aidez guère!

— Que voulez-vous que je vous dise! J'ai répondu à toutes vos questions!

— Oui, et presque toujours par des « non »! Or, il me faudrait quelque chose de positif, de constructif. Vous ne voyez pas ce que je veux dire? Il est tellement plus facile de rechercher quelqu'un quand on sait à quoi il ressemble!

Il se tut, lui laissant le temps de réfléchir.

— Je comprends, dit-elle. Ou, du moins, je le crois. Je vous dirai donc que Tom est un garçon qui a bon caractère, gentil avec tout le monde et, naturellement, très intelligent.

Jessop sourit.

— Ce sont des qualités qui comptent. Continuons! Lisait-il beaucoup?

— Pas mal.

— Quel genre de livres?

— Des biographies. Les titres recommandés par la « Book Society. » Et, quand il avait besoin de détente, des romans policiers.

— Un lecteur comme il y en a beaucoup, en somme. Il aimait les cartes?

— Il jouait au bridge. Une ou deux fois par semaine, le Dr Evans et sa femme venaient jouer à la maison.

— Il avait beaucoup d'amis?

— Oui. Il était très sociable.

— Je me suis mal exprimé. Ce que je voudrais savoir, c'est s'il avait des amis qui lui étaient très chers.

— Il jouait au golf avec quelques-uns de nos voisins.

— Il n'était pas particulièrement lié avec quelqu'un?

— Non. Il avait longtemps vécu aux États-Unis, il était né au Canada et, en Angleterre, il ne connaissait pas grand monde.

Jessop jeta un rapide coup d'œil sur une feuille de papier posée sur son bureau.

— En ces derniers temps, dit-il, trois personnes sont venues le voir, qui arrivaient des États-Unis. J'ai leurs noms. Autant que nous sachions, elles représentent les seuls contacts qu'il ait eus récemment avec... *l'étranger* et c'est pourquoi nous leur avons accordé une attention toute particulière. Il y a, d'abord, Walter Griffiths. Il vous a rendu visite à Harwell.

— C'est exact. Passant ses vacances en Angleterre, il est venu dire bonjour à Tom.

— Votre mari a été content de le voir ?

— Surpris, mais très content. Aux États-Unis, ils se voyaient beaucoup.

— Quelle impression Griffiths vous a-t-il faite? Dites-le-moi comme ça vous vient !

— Mais je suis certaine que vous le connaissez mieux que moi !

— Nous savons tout de lui, mais ce que je voudrais savoir, c'est ce que vous pensez de lui.

Elle réfléchit quelques secondes.

— Mon Dieu! il m'a fait l'effet d'un monsieur très grave, ayant tendance à s'écouter parler. Avec moi, il s'est montré très courtois et il m'a semblé qu'il tenait à mettre Tom au courant de tout ce qui s'était passé aux États-Unis depuis son départ. Des potins, qui ne m'intéressaient guère, étant donné qu'il s'agissait de gens que je ne connaissais pas. D'ailleurs, tandis qu'ils évoquaient leurs souvenirs, je préparais le dîner.

— Il n'a pas été question de politique ?

— Vous voulez sans doute insinuer que Griffiths était communiste ?

Haussant le ton, Olive Betterton poursuivit :

— Eh bien! non. Walter Griffiths est attaché au cabinet de je ne sais quel district attorney, il est à fond pour le gouvernement et, quand Tom lui a dit que la « chasse aux sorcières » lui faisait hausser les épaules, il a répondu que nous ne pouvions pas comprendre et que, de l'autre côté de l'Atlantique, elle n'était pas seulement légitime, mais *nécessaire*. Ce qui prouve qu'il n'est pas communiste !

— Ne vous emballez pas, madame! A quoi bon ?

— Je ne m'emballe pas, mais vous tenez absolument à ce que Tom ait été communiste. Je me tue à vous dire que non et vous ne voulez pas me croire.

— Je vous crois, mais c'est une question qui se pose et je suis bien forcé d'en tenir compte! Venons-en à notre second « contact », le Dr Mark Lucas. Vous l'avez rencontré à Londres, au Dorset ?

— Oui. Nous avions passé la soirée au théâtre et nous soupions au Dorset quand ce Mr Luke ou Lucas est venu à notre table, pour saluer Tom. Il est chimiste et il avait rencontré mon mari aux États-Unis. C'est un réfugié allemand, naturalisé américain. Mais vous savez tout cela mieux que moi!

— Nous le savons, mais ça ne fait rien! Votre mari a été surpris de le voir?

— Oui, très surpris.

— Et content?

— Oui... Enfin, je le crois!

— Vous n'en êtes pas sûre?

— C'est-à-dire que Tom m'a confié, par la suite, que le personnage ne l'intéressait guère.

— Leur rencontre était donc fortuite?

— Sans aucun doute.

— Le troisième « contact », c'est une femme : Mrs Carol Speeder, qui, elle aussi, arrivait des États-Unis. A quel propos l'a-t-elle rencontré?

— Il s'agissait, je crois, d'une question concernant l'O.N.U. Ayant connu Tom aux États-Unis, elle lui avait téléphoné de Londres pour lui dire qu'elle était en Angleterre et lui demander si nous pourrions venir, un jour, déjeuner avec elle.

— Et vous y êtes allés?

— Non.

— Vous pas, mais lui, il y est allé!

— Qu'est-ce que vous dites?

Elle parut stupéfaite.

— Vous ne le saviez pas?

— Non.

Elle avait l'air atterrée. Jessop avait un peu pitié d'elle, mais, pour la première fois depuis qu'il l'interrogeait, il avait l'impression de n'être pas loin de découvrir quelque chose.

— Je ne comprends pas, dit-elle d'une voix mal assurée. Je trouve bizarre qu'il ne m'ait pas parlé de ça.

— Ils ont déjeuné ensemble au Dorset, ou Mrs Speeder était descendue. C'était le mercredi 12 août.

— Le 12 août?

— Oui.

— Il est bien allé à Londres ce jour-là. Il ne m'a jamais dit que...

Laissant sa phrase inachevée, brusquement elle demanda :

— Comment est-elle, cette Mrs Speeder?

Il s'empressa de la rassurer.

— Elle n'a rien de la « vamp », croyez-moi! C'est une femme d'une trentaine d'années, pas particulièrement jolie. Il n'était certainement pas question de flirt entre elle et votre mari. Il est seulement étrange qu'il ne vous ait pas parlé de ce déjeuner.

— Je comprends fort bien!

— Maintenant, madame, rappelez vos souvenirs! N'avez-vous pas, vers cette époque-là, observé un certain changement dans le comportement de votre mari? C'était vers le milieu du mois d'août, une semaine environ avant l'ouverture de la conférence.

— Non, je n'ai rien remarqué. Vraiment rien.

Jessop soupira. Sur son bureau, le trembleur du téléphone appela discrètement son attention. Il décrocha le récepteur.

— J'écoute.

A l'autre bout du fil, une voix dit :

— Il y a ici quelqu'un, monsieur, qui désire être reçu par une personne s'occupant de l'affaire Betterton.

— Son nom?

Une toux légère précéda la réponse.

— A vrai dire, monsieur, je ne suis pas très sûre de la prononciation. Voulez-vous que je vous l'épelle?

— Allez-y!

Jessop écrivit le nom sur son bloc-notes, lettre par lettre, puis demanda :

— Un Polonais?

— Il ne l'a pas dit, monsieur. Il parle bien l'anglais, avec un peu d'accent.

— Faites-le attendre!

— Bien, monsieur.

Jessop remit le téléphone en place, puis ramena son regard sur Olive Betterton. Elle n'avait pas bougé. Il arracha du bloc la feuille de papier sur laquelle il avait le nom du visiteur et la présenta à la jeune femme.

— Ce nom vous dit-il quelque chose?

Une expression de surprise, peut-être mêlée de peur, passa dans les yeux d'Olive Betterton.

— Oui, répondit-elle. Il m'a écrit.

— Quand?

— Hier. C'est un cousin de la première femme de mon mari. Il vient d'arriver en Angleterre et la disparition de Tom l'inquiète énormément. Il m'a écrit pour me demander si j'avais des nouvelles... et pour m'assurer de sa profonde sympathie.

— Il ne vous avait jamais écrit auparavant?

— Non.

— Votre mari ne vous avait jamais parlé de lui?

— Jamais.

— De sorte qu'il pourrait fort bien ne pas être le moins du monde son cousin?

— L'idée ne m'était pas venue, mais c'est possible.

Après un court instant de réflexion, elle ajouta :

— La première femme de Tom, la fille du Pr Mannheim, n'était pas Anglaise. D'après sa lettre, cet homme a l'air de savoir tout d'elle et de Tom. Son style est correct, avec des tournures qui sont bien d'une langue étrangère. Bref, c'est une lettre qui « fait » authentique. Mais, en admettant qu'elle ne le soit pas, qu'est-ce que cela prouverait?

Jessop eut un vague sourire.

— Cette question, ici, on n'arrête pas de se la poser et c'est bien pour cela que nous finissons par accorder au moindre détail une importance excessive!

— Ça se comprend! C'est comme votre bureau, perdu au milieu d'un labyrinthe de couloirs. J'ai eu la même impression dans des rêves. Celle de me trouver dans un endroit dont je ne pourrais plus jamais sortir.

— Il n'en faut pas plus pour devenir claustrophobe, dit Jessop en riant.

Olive Betterton se passa la main sur le front.

— Je n'en puis plus! reprit-elle d'une voix lasse. A force d'être là, à attendre, sans rien faire, j'éprouve comme un besoin de m'en aller, n'importe où, à l'étranger de préférence, en tout cas quelque part où les reporters ne me téléphoneront pas et où je ne serais pas regardée par les gens comme une bête curieuse!

Après s'être tue un instant, elle poursuivit :

— J'ai l'impression que je vais m'effondrer. J'ai essayé d'être brave, mais l'épreuve est au-dessus de mes forces. Je suis à bout. Mon médecin le croit, lui aussi, et il me conseille de m'éloigner pour quelques semaines. Il me l'a écrit. Je vais vous montrer sa lettre.

Elle fouilla dans son sac à main, pour en extraire une enveloppe qu'elle tendit à Jessop par-dessus le bureau.

— Lisez !

Jessop prit connaissance de la lettre contenue dans l'enveloppe.

— Je vais...

— Ainsi, demanda-t-elle d'une voix anxieuse, vous croyez que je ferais bien de partir ?

— Mais certainement ! Pourquoi pas ?

Il semblait très surpris de la question.

— Je pensais, répondit-elle, que vous pourriez vous opposer à mon départ ?

— M'y opposer ? Mais pourquoi ? Cette chose-là ne regarde que vous. Naturellement, vous vous arrangerez pour qu'il me soit possible de vous joindre dans le cas où j'aurais du nouveau.

— Bien entendu.

— Où pensez-vous aller ?

— Quelque part où je trouverai du soleil et où il n'y aura pas trop d'Anglais. En Espagne ou au Maroc.

— De beaux pays ! Le voyage vous fera du bien, j'en suis convaincu.

— Merci !

Elle se leva, ravie, mais manifestement, toujours nerveuse. Jessop alla à elle, lui serra la main, puis appuya sur un bouton d'appel, afin de faire reconduire sa visiteuse. Quand elle fut sortie, il regagna son fauteuil et réfléchit durant quelques instants. A la fin, un sourire détendit ses traits. Il décrocha le téléphone et donna l'ordre d'introduire ce major Glydr.

CHAPITRE II

— Le major Glydr?

Jessop avait hésité sur le nom.

— Difficile, n'est-ce pas? dit le visiteur avec humour. Pendant la guerre, vos compatriotes m'appelaient Glider. Aux États-Unis, où je vis maintenant, mon nom va être changé en Glyn. C'est encore mieux!

— Vous venez des États-Unis?

— Je suis arrivé la semaine dernière. Vous êtes bien, pardonnez-moi la question, monsieur Jessop?

— Aucun doute, je suis bien Jessop.

Le major regarda Jessop comme s'il l'examinait des pieds à la tête.

— J'ai entendu parler de vous.

— Ah? Par qui?

Le major sourit.

— Peut-être allons-nous trop vite! Avant que vous m'autorisiez à vous poser quelques questions j'aimerais vous remettre cette lettre de l'ambassade des États-Unis.

Cérémonieusement, le buste penché, il tendait une enveloppe à Jessop. Celui-ci la prit, lut la lettre qu'elle contenait, quelques lignes d'introduction d'une courtoisie très officielle, puis, posant la feuille de papier sur son bureau, il regarda son visiteur. C'était un homme d'une trentaine d'années, d'allure un peu gourmée, aux cheveux coupés très court, « à la prussienne ». Il s'exprimait, avec une certaine lenteur précautionneuse, mais son anglais était d'une parfaite correction grammaticale, si son accent était notoirement celui d'un étranger. Son attitude ne trahissait pas la moindre nervosité. Son visage, impassible, était celui de quelqu'un qui sait ce qu'il veut, et pourquoi il le veut. Le personnage, Jessop le comprit tout de suite, n'était pas de ceux que l'on manœuvre aisément et à qui l'on en fait dire plus qu'ils ne veulent.

— Et que puis-je pour vous? s'enquit Jessop.

— Je suis venu vous demander si vous pouvez me donner quelques renseignements sur Thomas Betterton, lequel a récemment disparu de façon assez spectaculaire. Sachant qu'on ne peut croire tout ce qui s'imprime dans les journaux je viens à vous, en quête d'informations valables. Il n'y a que *vous*, m'a-t-on dit, qui puissiez me les fournir.

— Je suis navré, mais nous n'avons en ce qui le concerne aucun renseignement précis.

— Je pensais qu'il était possible qu'il eût été envoyé en mission à l'étranger.

Après un temps, le major ajouta, de façon assez inattendue :

— En mission ultra-confidentielle, bien sûr.

Jessop avait l'air peiné de ce qu'il entendait.

— Betterton, dit-il, était un savant, et non pas un diplomate ou un agent secret.

— Je ne l'ignore pas, mais on ne peut pas toujours se fier aux étiquettes! Si la chose m'intéresse, je dois vous le dire, c'est parce que Thomas Betterton est devenu, par son mariage, de mes parents.

— Vous êtes, je crois, le neveu de feu le Pr Mannheim?

— Vous savez ça? Vous êtes bien informé.

— Nous recevons beaucoup de visites et les gens nous racontent des tas de choses! Ce renseignement, je le tiens de la femme de Betterton. Vous lui avez écrit?

— Oui. Pour lui exprimer mes condoléances et lui demander si elle avait des nouvelles.

— C'est ce qu'elle m'a dit.

— Ma mère, sœur unique du Pr Mannheim, lui était fort attachée. Dans mon enfance, à Varsovie, j'étais tout le temps chez mon oncle, et sa fille, Elsa, était comme ma sœur. A la mort de mes parents, mon oncle me recueillit et je vécus chez lui des jours heureux. Puis, il y eut la guerre, avec son cortège d'horreurs, dont je préfère ne pas parler. Mon oncle réussit à gagner les États-Unis, avec sa fille. Pour moi, je restai en Europe où je fis de la résistance. Les hostilités terminées, je fus chargé de différentes missions, allant notamment aux

États-Unis, où je pus voir mon oncle, et Elsa. Quand tout fut fini, je décidai de me rendre, pour m'y établir, aux États-Unis, où je pensais retrouver mon oncle, Elsa et l'homme qu'elle avait épousé. Malheureusement, mon oncle était mort, ainsi que sa fille, de qui le mari était en Angleterre, où il s'était remarié. De nouveau, je me trouvais sans famille. Un jour, il n'y a pas très longtemps, j'ai lu dans les journaux que Thomas Betterton avait disparu... et j'ai franchi l'Atlantique pour voir si je pouvais faire quelque chose.

Le major se tut, interrogeant Jessop du regard. Impénétrable, le visage de Jessop n'exprimait rigoureusement rien. Glydr reprit :

— Pourquoi a-t-il disparu ?

Jessop sourit.

— C'est très exactement ce que nous aimerions savoir !

— Vous êtes sûr que vous ne le savez pas ?

Le sourire de Jessop s'accentua. La situation l'amusait. Dans cette pièce, généralement, c'était lui qui interrogeait. Son visiteur renversait les rôles.

— Absolument sûr, répondit-il.

— Mais vous avez bien une idée ?

— Il n'est pas impossible, dit Jessop en pesant ses mots, que cette disparition en rappelle d'autres. Il y a des précédents...

— Je les connais.

Le major en cita une demi-douzaine.

— Dans chaque cas, ajouta-t-il, il s'agissait d'un savant.

— Exact.

— Tous sont aujourd'hui de l'autre côté du « rideau de fer » ?

— C'est possible, mais nous n'en savons rien !

— En tout cas, tous sont partis de leur plein gré ?

— Même cela, c'est difficile à dire !

— Vous pensez que je m'occupe là de choses qui ne me regardent pas ?

— Je vous en prie...

— Et vous avez raison ! Elles ne m'intéressent que parce qu'il s'agit de Betterton !

— Vous m'excuserez, dit Jessop, mais cet intérêt que vous lui portez, je ne me l'explique pas très bien. Tout bien considéré, il n'est votre parent que par alliance. Vous ne le connaissez même pas!

— C'est vrai. Mais pour nous, Polonais, la famille est une chose qui compte. Envers elle, nous avons des devoirs.

Il se leva, saluant Jessop d'une inclination du buste.

— Vous me pardonnerez de vous avoir pris quelques instants et je vous prie de croire que je suis sensible à l'accueil aimable que vous avez bien voulu me réserver.

Jessop s'était levé, lui aussi.

— Je suis désolé de ne pouvoir vous être d'aucun secours, mais nous sommes complètement dans le noir. Si j'apprenais quelque chose, où pourrais-je vous joindre?

— Vous pourrez toujours me toucher par l'intermédiaire de l'ambassade américaine. Je vous remercie encore.

Le major s'inclina de nouveau, avec la même raideur que précédemment, et se retira. Jessop décrocha le téléphone.

— Priez le colonel Wharton de venir me voir!

Il souriait quand Wharton entra dans la pièce.

— Enfin, s'écria-t-il, ça commence à bouger!

— Comment cela?

— Mrs. Betterton à l'intention de quitter l'Angleterre.

Wharton émit un petit sifflement.

— Elle va rejoindre son chéri?

— Je l'espère. Elle m'a produit un certificat médical : il lui faut du repos et un changement de décor.

— Bravo!

— Notez qu'elle a peut-être vraiment besoin de repos!

— C'est une hypothèse, dit Wharton, mais, ici, nous considérons plutôt les autres pour commencer!

— Je dois dire qu'elle m'a paru sincère et qu'elle ne s'est pas coupée une seule fois.

— Elle ne vous a rien appris, j'imagine?

— A un détail près, non. Vous vous rappelez cette dame Speeder, avec qui Betterton a déjeuné au Dorset?

— Oui.

— Eh bien! il n'a jamais parlé de ce déjeuner à sa femme.

— Ah?... Ça vous parait intéressant?

— Sait-on? Carol Speeder a comparu devant la Commission d'enquête sur les activités anti-américaines. Elle a démontré l'inanité des accusations portées contre elle, mais il n'en reste pas moins... qu'elle a été suspectée. Il est *possible* qu'elle ait servi d'intermédiaire, que ce soit par elle que Betterton ait pris contact avec « les autres ».

— *Quid,* justement, des « contacts » récents de Mrs. Betterton, ceux qui auraient pu l'inciter à se rendre à l'étranger?

— Directement, elle n'en a eu aucun. Elle a reçu hier une lettre d'un Polonais, qui est un cousin de la première femme de Betterton. Il sort d'ici. Il était venu demander des tuyaux...

— Quel genre d'homme est-ce?

— Un drôle de type. Il n'a pas l'air vrai! Très Europe centrale, très curieux à observer.

— Ce ne serait pas lui qui aurait soufflé à Mrs. Betterton l'idée de s'en aller?

— Possible. Je n'en sais rien... et ça m'intrigue!

— Vous allez garder l'œil sur lui?

Jessop sourit.

— Bien sûr. A son départ, j'ai donné deux petits coups de sonnette...

— Votre vieux truc...

Changeant de ton, devenant brusquement sérieux, Wharton poursuivit :

— Qui alerte-t-on?

— Janet et les autres, comme d'habitude. L'Espagne et le Maroc.

— Pas la Suisse?

— Pas cette fois!

— Bizarre. J'aurais cru que l'Espagne et le Maroc présentaient pour *eux* des difficultés...

— Il ne faut pas sous-estimer ses adversaires.

Wharton hocha la tête.

— Il n'y a guère que deux pays *où l'on n'ait pas vu Betterton,* et c'est ceux-là!

Après un soupir il ajouta :

— Enfin, on verra bien! Seulement, si nous échouons...

Jessop se renversa dans son fauteuil.

— Il y a longtemps que je n'ai pris de vacances, dit-il, et je commence à en avoir assez d'être enfermé dans ce bureau. Il n'est pas *impossible* que je m'offre, moi aussi, un petit voyage

CHAPITRE III

1

— Les passagers d'Air France, destination Paris, par ici, s'il vous plaît!

Il y eut un mouvement dans le hall de l'aéroport de Heath Row. Hilary Craven ramassa le petit sac de voyage en lézard qu'elle avait posé près de son fauteuil et, suivant les autres, sortit du bâtiment.

Dehors, le froid la surprit. Elle ramena frileusement sur elle son manteau de fourrure et se dirigea vers l'avion. Heureuse! L'heure était venue, enfin, où elle s'évadait! Elle en avait terminé avec la grisaille de sa vie misérable. Elle s'en allait vers le soleil, vers un ciel toujours bleu, vers une existence nouvelle! Le poids mort du passé elle le laissait derrière elle. Une fois installée dans l'appareil, à la place que le steward lui avait désignée, elle eut l'impression de respirer plus librement. Pour elle-même, elle murmura :

— Je m'en vais! Je m'en vais!

Les moteurs se mirent à tourner, puis l'avion roula doucement sur la piste. L'hôtesse de l'air invita les passagers à attacher leur ceinture. L'avion s'immobilisa, attendant le signal du départ.

« Et si nous ne parvenions pas à décoller? songeait Hilary. Si nous capotions? Tout serait fini et tous les problèmes se trouveraient ainsi résolus. »

Le signal se faisait attendre interminablement. Une pensée absurde traversa l'esprit de la jeune femme : « Nous ne partirons jamais! Je resterai ici, prisonnière! »

Les moteurs, depuis quelques secondes, tournaient à plein régime. L'avion roulait, prenant de la vitesse. Hilary, bientôt, se rendit compte qu'il avait quitté le sol. Il lui semblait que c'était, non pas l'appareil qui s'élevait, mais la terre qui s'enfonçait, emportant avec elle tous les soucis, toutes les préoccupations, toutes les déceptions dont Hilary avait souffert. L'aérodrome, maintenant, ressemblait à un jouet d'enfant. Sur une voie de chemin de fer minuscule, on voyait courir un train miniature. Le monde apparaissait ridiculement petit. Et sans importance. Une masse de nuages blancs l'escamotait. On devait survoler la Manche. Hilary ferma les yeux.

Elle s'évadait...

Elle laissait tout derrière elle : l'Angleterre, Nigel et ce triste petit tertre qui était la tombe de Brenda. Elle ouvrit les paupières, puis les ferma de nouveau, avec un soupir.

Peu après, elle dormait.

2

Quand Hilary rouvrit les yeux, l'avion perdait de la hauteur. Elle pensa qu'on arrivait à Paris et, se réinstallant sur son siège, ouvrit son sac à main. Mais il n'était pas question de Paris. L'hôtesse de l'air, de cette voix maternelle que tant de passagers trouvent exaspérante, annonçait que, par suite du brouillard, l'atterrissage aurait lieu à Beauvais.

Hilary, tournant la tête sur le côté, regarda par le hublot. Elle ne vit pas grand-chose, Beauvais ne se laissant vaguement deviner qu'à travers une épaisse couche de brume. L'avion se posa après avoir longtemps tourné en rond au-dessus de l'aérodrome, et les passagers, plus ou moins grelottants, furent conduits dans un baraquement en bois, sommairement meublé d'un comptoir et de quelques chaises.

Hilary se sentait très déprimée, mais elle essayait de réagir.

— Il ne faut pas se frapper ! dit quelqu'un, près d'elle. C'est un vieil aérodrome de guerre, qui manque de chauffage et de confort. Mais nous sommes en France et on s'arrangera pour que nous ayons à boire.

De fait, il avait à peine fini de parler qu'un homme arrivait, par les soins duquel tous les passagers furent rapidement pourvus de boissons alcoolisées aptes à leur remonter le moral. Sage précaution, car l'attente devait se prolonger des heures durant. Perdus dans la « crasse », eux aussi, d'autres appareils atterrissaient à Beauvais et le moment vint bientôt où la salle fut pleine d'une foule grouillante de gens, dont la plupart étaient de fort mauvaise humeur.

Hilary, elle, avait l'impression de vivre un rêve, qui la préservait heureusement d'une réalité qu'elle redoutait. On attendait? La chose importait peu, puisque son voyage continuait. Elle s'évadait, c'était l'essentiel! Beauvais ou Paris, il restait qu'elle allait vers l'endroit où sa vie recommencerait. Elle ne voyait que cela et c'était assez pour qu'elle prît les éléments avec philosophie.

La nuit était déjà tombée depuis longtemps quand arrivèrent des cars qui devaient conduire les passagers à Paris. Il leur fallut des heures pour couvrir le trajet et il était plus de minuit quand Hilary rallia la gare des Invalides. Elle était morte de froid et elle fut heureuse de récupérer ses bagages sans trop de difficultés et de gagner l'hôtel où elle s'était fait réserver une chambre. Trop fatiguée pour avoir faim, elle prit un bain chaud et se coucha, épuisée.

En principe, l'avion de Casablanca décollait le lendemain, à dix heures trente, de l'aéroport d'Orly. Mais, là encore, la confusion régnait. Sur toutes les lignes, les avions s'étaient posés où ils avaient pu et les horaires étaient bouleversés, aussi bien au départ qu'à l'arrivée.

Hilary eut affaire à un employé harassé, qui finit par lui déclarer qu'elle ne devait pas compter sur la place qu'elle avait retenue, mais que, si elle voulait bien patienter quelques instants, il ferait de son mieux pour arranger les choses. Finalement, il lui fit savoir qu'elle pourrait embarquer sur l'avion de Dakar, lequel, par exception, ferait escale à Casablanca.

— Au total, ajouta-t-il, vous serez là-bas avec trois heures de retard, pas plus!

Hilary ne protesta plus. Son attitude compréhensive surprit l'employé d'Air France, et le ravit plus encore.

— Voir quelqu'un de raisonnable, s'écria-t-il, ça fait quand même plaisir! Il y a des voyageurs qui ne veulent pas se rendre compte que, s'il y a du brouillard, ce n'est pas notre faute! Il faut prendre le temps comme il est, même s'il contrarie nos projets. Après tout, madame, être à Casa trois heures plus tôt ou trois heures plus tard, qu'est-ce que ça peut faire ? Qu'on arrive par un avion ou par un autre, c'est pareil!

Pas tout à fait, Hilary devait le découvrir à Casablanca. Elle marchait à côté du porteur qui roulait son bagage vers la sortie de l'aéroport, quand il lui dit :

— Vous avez de la chance, ma petite dame, de ne pas avoir été dans l'avion précédent, le régulier!

— Ah? dit-elle. Pourquoi?

— Parce qu'il s'est écrasé au sol, répondit-il, baissant la voix. Le pilote et le navigateur ont été tués, et aussi la plupart des passagers. Il n'y a que quatre ou cinq rescapés. On les a transportés à l'hôpital et il y en a plusieurs, paraît-il, qui sont salement amochés....

Hilary garda le silence. Dommage qu'elle n'eût pas été dans cet avion! Elle serait morte et tout serait fini! Ces gens-là, qui étaient morts, ne demandaient qu'à vivre. Pourquoi n'était-elle pas morte à leur place, elle pour qui la vie désormais ne représentait plus rien?

Après les formalités de la douane, traditionnelles et dérisoires, elle prit une voiture qui la conduisit à l'hôtel. Il faisait un temps splendide, le ciel était bleu, l'air léger, le soleil resplendissant. Elle se sentit inondée de bien-être. Les choses étaient telles qu'elle les avait espérées : les brouillards de Londres loin, et loin aussi les mauvais jours! Ici, la vie palpitait dans la chaude lumière du soleil.

Dans sa chambre, tout de suite elle alla ouvrir les volets, pour regarder dans la rue. Puis, elle s'assit sur le lit. Un mot, qu'elle se répétait depuis son départ de Londres, vint à ses lèvres : « Évasion! » Elle le dit plusieurs fois et elle se rendit compte, avec une lucidité qui la glaçait, qu'il ne correspondait à rien, *qu'il n'y avait pas d'évasion!*

Rien n'était changé. A Casablanca ou à Londres, elle était toujours Hilary Craven. Elle voulait fuir Hilary Craven, mais, quoi qu'elle fît, elle était toujours Hilary Craven, une Hilary Craven qui, au Maroc aussi bien qu'en Angleterre, restait toujours la même.

— Quelle idiote, je fais! murmura-t-elle. Comment diable ai-je pu croire qu'il me suffirait de quitter l'Angleterre pour ne plus être moi-même?

La tombe de Brenda était en Angleterre et bientôt, en Angleterre toujours, Nigel se marierait pour la seconde fois.

Comment avait-elle pu s'imaginer que ces choses lui importeraient moins ici que là-bas? Elle l'avait cru, parce qu'elle voulait le croire, mais elle ne pouvait s'abuser plus longtemps. La réalité était là, les faits s'imposaient à elle, qu'elle devait regarder en face. Il y avait les choses qu'on peut supporter, et les autres. Les premières, on les accepte aussi longtemps qu'on a pour cela *une raison.* Sa longue maladie, le lâchage de Nigel, dans des circonstances d'une brutale cruauté, tout cela, elle l'avait supporté à cause de Brenda. Ensuite, il avait fallu livrer, pour la vie même de Brenda, un combat désespéré. Brenda était morte. Alors, maintenant, pour quoi vivre? A Londres, elle pensa que, sous d'autres cieux, il lui serait possible d'oublier et de refaire sa vie. Elle était donc venue en ce pays où rien ne devait lui rappeler le passé et qui, pour elle, présentait tant d'attraits, avec son soleil, son ciel toujours pur, ses paysages de rêve et ses populations pittoresques. Mais peu après son arrivée, elle se rendit compte de son erreur. Rien ne changeait en son être; ici comme ailleurs, elle ne retrouvait pas le désir de vivre.

Si son voyage n'avait pas été contrarié par la brume, si elle s'était embarquée dans l'avion où elle avait retenu sa place, elle eût été délivrée de tous ses soucis. Elle serait en quelque chapelle ardente, les os brisés sans doute, défigurée peut-être, mais l'âme en paix. Cette sérénité, elle pouvait encore l'obtenir. Et ce n'était pas tellement difficile...

Elle pensa au Dr Grey et à la façon dont il la regarda quand elle lui avait demandé un somnifère.

— Il vaut mieux pas! lui avait-il dit. Le meilleur sommeil, c'est le sommeil naturel. S'il se fait désirer, on l'attend. Il finit toujours par venir.

Se doutait-il de quelque chose? Elle se posait la question...

Puis, avec un léger haussement d'épaules, elle se leva. Ce que le Dr Grey lui avait refusé, il se trouverait bien à Casablanca un pharmacien pour le lui donner.

3

Hilary croyait qu'il était facile à l'étranger, d'acheter des drogues « dangereuses ». A sa grande surprise, elle découvrait qu'il n'en était rien. Le premier pharmacien chez qui elle entra ne lui délivra que deux cachets, en lui déclarant qu'il ne pouvait lui en donner plus sans ordonnance. Elle sourit, d'un air, qu'elle voulait indifférent, et se dirigea rapidement vers la porte et heurta un grand jeune homme au visage grave, qui s'excusa en anglais. Comme elle sortait, elle l'entendit demander un tube de pâte dentifrice.

Elle sourit, presque malgré elle. De la pâte dentifrice! Pour les autres, la vie continuait, terre à terre, banale, prosaïque. Elle eut un petit pincement au cœur quand, brusquement, elle s'avisa que la pâte dentifrice que ce monsieur avait demandée était la marque préférée de Nigel. Traversant la chaussée, elle entra dans une autre pharmacie. Quand elle regagna son hôtel, elle en avait visité quatre. Coïncidence qui l'amusa, dans la troisième elle revit ce jeune Anglais toujours en quête de pâte dentifrice. Sans doute la marque n'était-elle pas en dépôt chez les pharmaciens français de Casablanca.

Hilary se sentait presque délivrée de ses soucis quand elle s'habilla pour le dîner. Elle avait décidé de descendre au restaurant le plus tard possible, afin de ne rencontrer aucune des personnes avec lesquelles elle avait voyagé. Ce qui, en fait, lui paraissait peu à craindre, car il lui semblait qu'aucun autre passager n'avait quitté l'avion à Casablanca.

La salle était presque vide quand elle s'assit à table. Elle remarqua la présence du jeune Anglais, de qui le visage, se dit-elle, faisait un peu songer au hibou. Plongé dans la lecture d'un journal français, il finissait de dîner.

Hilary se commanda un bon repas, accompagné d'une demi-bouteille de vin. Elle était presque joyeuse, avec l'impression passionnante de vivre sa dernière aventure. Son repas terminé, elle remonta directement à sa chambre.

Peu après, on lui apportait la bouteille d'eau minérale qu'elle avait demandée avant de quitter le restaurant. Le garçon d'étage la posa sur la table de chevet, après avoir fait sauter la capsule, puis se retira, non sans avoir souhaité bonne nuit à Hilary. Après son départ, la jeune femme poussa un soupir, alla à la porte et tourna la clé dans la serrure. Puis, elle se versa un verre d'eau et tira de leur petite boîte en carton les cachets qu'elle avait achetés. Tout à l'heure, elle les avalerait, elle boirait quelques gorgées d'eau et la farce serait jouée!

Elle se déshabilla, passa une robe de chambre et s'assit

dans un fauteuil. Son cœur battait très vite. Avait-elle peur? Peut-être un peu, mais d'une peur mêlée de curiosité et qui n'était pas de nature à l'amener à renoncer à son projet. Elle ne flancherait pas. Elle se sentait maîtresse de soi et l'esprit clair. *Elle s'évadait,* et pour de bon. Sur la table, il y avait une écritoire. Laisserait-elle le classique billet? Après réflexion, elle jugea que c'était inutile. Elle n'avait plus de parents, pas d'amis véritables, à qui dire adieu. Quant à Nigel, elle ne voulait pas l'encombrer de remords inutiles, à supposer qu'une dernière lettre lui en eût donnés. Il apprendrait par les journaux que Mrs. Hilary Craven était morte à Casablanca, après absorption d'une dose massive de somnifère, il ne verrait pas plus loin, la plaindrait peut-être un peu et, au fond de lui-même, se sentirait soulagé. Car, elle en était convaincue, Nigel, quand il songeait à elle, ne devait pas être très content de lui, étant de ces hommes qui aiment être en paix avec leur conscience.

D'ailleurs, Nigel était déjà très loin d'elle et tout cela lui semblait ne plus avoir la moindre importance. Il ne lui restait plus rien à faire, qu'à prendre ses cachets et à s'étendre, pour s'endormir d'un sommeil dont elle ne s'éveillerait pas. Ses sentiments religieux? Elle n'en avait plus ou croyait n'en plus avoir. Avec la mort de Brenda, elle perdit la foi. Elle était prête. Comme à l'aérodrome, elle était une voyageuse attendant son départ, une voyageuse qui s'en allait vers une destination inconnue, sans bagages et sans avoir à dire adieu à personne. Elle avait rompu avec le passé. Pour la première fois de sa vie, elle se sentait libre de décider de ses actes, absolument libre...

Elle tendit la main vers les cachets. A ce moment on frappa à la porte quelques coups discrets. Elle fronça le sourcil et, laissant le geste inachevé, le bras en l'air, elle attendit. S'agissait-il de la femme de chambre? Non, la couverture était préparée. Alors, d'un employé de l'hôtel, qui venait lui réclamer ses papiers ou son passeport? Elle haussa les épaules. Elle ne répondrait pas. A quoi bon?

On frappa de nouveau, un peu plus fort, cette fois. Elle ne bougea pas. On reviendrait. Pour elle, il n'y avait plus rien d'urgent.

Elle gardait les yeux fixés sur la porte. A sa grande surprise, elle vit la clé tourner lentement dans la serrure, puis, après une complète révolution tomber sur le plancher, avec un petit bruit métallique. Doucement, la porte s'ouvrit et un homme entra. Avec stupeur, elle reconnut le jeune Anglais, celui qu'elle avait vu pour la première fois dans cette pharmacie où il venait acheter de la pâte dentifrice. Muette d'étonnement, elle le regardait. Il ferma la porte, ramassa la clé, la remit dans la serrure et donna un tour. Après quoi, venant vers Hilary, il s'assit dans un fauteuil, en face d'elle, et, avec une audace déconcertante, il se présenta :

— Je m'appelle Jessop.

Rouge de colère contenue, Hilary dit, d'une voix coupante :

— Vous rendez-vous bien compte de ce que vous êtes en train de faire?

Il sourit.

— C'est drôle! C'est exactement la question que je viens vous poser!

Il avait porté son regard de façon significative sur les cachets.

— Je ne comprends pas, dit-elle.

— Je suis bien sûr du contraire.

Hilary garda le silence quelques secondes, se demandant ce qu'elle allait répondre. Ou plutôt en quels termes elle allait exprimer son indignation et mettre l'insolent à la porte. Finalement, ce qui lui vint aux lèvres, ce fut une question, qu'elle posa par simple curiosité, et presque sans s'en rendre compte :

— La clé, comment avez-vous fait pour la manœuvrer de l'extérieur?

Une lueur malicieuse s'alluma dans les yeux de Jessop, qui tira de sa poche un petit tube d'acier, qu'il remit à la jeune femme pour qu'elle l'examinât.

— L'instrument, lui expliqua-t-il, est très pratique. Vous l'engagez dans le trou de la serrure, il accroche l'extrémité de la clé... et vous n'avez qu'à tourner!

Reprenant l'objet et le glissant dans sa poche, il ajouta :

— Ça fait partie du matériel du parfait cambrioleur.

— Vous êtes cambrioleur?

— Rendez-moi cette justice, chère madame, que j'ai frappé à votre porte, ce qui n'est point dans les habitudes des cambrioleurs. Ce petit outil, je n'ai eu recours à lui que lorsque j'ai eu la certitude que vous ne m'inviteriez pas à entrer.

— Mais que me voulez-vous ?

De nouveau, le regard de Jessop se porta sur les cachets.

— A votre place, dit-il, je ne ferais pas ça ! Vous savez que vous vous faites des illusions ? Vous vous figurez qu'on s'endort, qu'on ne se réveille pas et que tout est dit. Eh bien ! ce n'est pas ça du tout ! Quelquefois, on a des convulsions, et même la gangrène. Pour peu qu'on soit réfractaire à la drogue, elle agit si lentement que les gens ont tout le temps d'arriver pour vous sauver, avec toutes les fâcheuses conséquences que cela implique : lavage d'estomac, huile de ricin, café bouillant, gifles, etc. Tout ça n'a rien de sympathique, convenez-en !

Renversée dans son fauteuil, les yeux mi-clos, Hilary, de qui les mains se serraient nerveusement, se força à sourire.

— Vous m'amusez ! Alors, vous vous imaginez que je voulais me suicider ?

— Je n'imagine pas, répliqua-t-il, je suis sûr. Il faut que je vous dise que j'étais entré chez le pharmacien avant vous. N'ayant pas trouvé chez celui-là le dentifrice que je désirais, je suis allé chez un autre, où je vous ai revue. Là encore, vous achetiez un somnifère. Ça m'a paru curieux et je vous ai suivie. Encore une pharmacie et encore un somnifère ! La conclusion s'imposait.

Le ton était amical, presque enjoué, mais il était évident que Jessop était sûr de ce qu'il avançait. Hilary jugea inutile de feindre plus longtemps.

— Et, demanda-t-elle, il ne vous semble pas qu'il est de votre part tout à fait déplacé de vous occuper d'une affaire qui ne regarde que moi ?

Après un court moment de réflexion, il secoua la tête.

— Nullement. Vous n'avez *pas le droit* de faire ça !

Elle riposta avec vivacité :

— Vous m'empêcherez de le faire tout de suite, si vous jetez ces cachets par la fenêtre, je veux bien l'admettre. Mais vous ne pourrez pas m'empêcher d'en acheter d'autres demain, à moins que je ne préfère me précipiter dans le vide du haut d'un building ou me jeter sous un train !

— C'est exact. Seulement, le feriez-vous ? J'entends, le feriez-vous demain ?

— Vous croyez que demain j'aurai changé d'avis ? Il y avait, dans le ton, une sorte d'ironie amère.

— C'est arrivé à d'autres !

Elle réfléchit.

— Peut-être, dit-elle enfin. Sans doute leur désespoir n'avait-il pas des causes durables. Dans mon cas, c'est différent! Ma résolution, je ne l'ai pas prise dans une minute d'affolement, mais froidement, sans hâte, et elle est irrévocable. Comprenez-le, je n'ai plus aucune raison de vivre!

Jessop, la tête penchée sur le côté, fermait les yeux à demi.

— Intéressant!

— Non, même pas! Je ne suis pas une femme très intéressante. J'aimais mon mari, il m'a quittée. Je n'avais qu'un enfant, une petite fille, elle m'a été enlevée par une méningite Je n'ai ni parents, ni amis. Aucun art ne me passionne et je n'ai pas de métier. Alors?

— Pas drôle! murmura Jessop.

Après une légère hésitation, il ajouta :

— Et vous n'avez pas l'impression que c'est... mal?

Elle répliqua d'une voix sèche :

— Mal? Et pourquoi? *Ma vie m'appartient,* je crois.

— Bien sûr, bien sûr! dit-il, très vite. Personnellement, je n'ai pas d'opinion sur la question, mais il y a des gens qui considèrent...

Elle l'interrompit :

— Je ne suis pas de leur avis, voilà tout!

Un silence suivit, qu'elle rompit.

— Il ne vous semble pas, maintenant, monsieur...

Elle cherchait le nom.

— Jessop...

— Merci... Vous ne croyez pas, monsieur Jessop, que vous pourriez vous retirer?

Il secoua la tête.

— Pas encore. Vous m'avez donné les renseignements que j'étais venu chercher et je vois maintenant la situation avec assez de netteté. L'existence ne vous intéresse plus, vous n'avez plus envie de vivre et l'idée d'en finir ne vous déplaît pas autrement. C'est bien cela?

— C'est bien cela.

— Bon.

Avec bonne humeur, il poursuivit :

— Ce point acquis, poussons plus loin! *Tenez-vous* absolument au somnifère?

— Je ne comprends pas.

— Je m'explique. Je vous ai déjà dit que c'est un mode de suicide pénible. Il en va de même des deux autres procédés dont vous avez parlé. On a peur de se jeter d'un quinzième étage et ne pas mourir sur le coup. Tout cela pour en arriver à vous dire qu'il y a *d'autres moyens* de mettre fin à ses jours.

— Je vous comprends de moins en moins.

— Parmi ces autres moyens, j'en sais un qui me paraît assez « sport » et qui aurait, à mon sens, un côté passionnant. Pour être franc, je dois reconnaître que vous auriez une chance sur cent de survivre. Nous n'en tiendrons pas compte.

— Je n'ai pas la moindre idée de ce dont vous parlez!

— C'est bien naturel, car je ne vous ai encore rien dit. Malheureusement, je ne peux pas vous raconter ça en deux mots. C'est toute une histoire! Vous voulez l'entendre?

— Je crois que je n'ai pas le choix.

Bien que ce ne fût pas là un encouragement, Jessop continua :

— J'imagine que vous lisez les journaux et que vous vous tenez, en gros, au courant des événements. Vous devez donc savoir que, de temps à autre, des savants disparaissent sans laisser de traces : un Italien, l'an dernier, si vous vous souvenez, et, il y a environ deux mois, Thomas Betterton...

— J'ai vu cela dans les journaux, en effet.

— La presse n'a parlé que de quelques disparitions, mais il y en a eu d'autres : des savants, des chimistes, des médecins, et même un avocat. L'Angleterre est un pays de liberté et nul n'est forcé d'y rester! Seulement, en ce qui concerne ces « disparus », il est absolument indispensable que nous sachions pourquoi ils sont partis, où ils se sont rendus et, surtout, *comment* ils s'y sont rendus. Sont-ils partis de leur plein gré? Les a-t-on enlevés? Ont-ils été soumis à une pression? Quelle est l'organisation qui est entrée en contact avec eux, et que veut-elle? Autant de questions auxquelles nous devons répondre. Et les réponses, vous pourriez nous aider à les trouver!

Hilary regardait Jessop avec stupéfaction.

— Moi? Mais comment?

— J'en arrive au cas qui nous intéresse particulièrement aujourd'hui : à Thomas Betterton. Il a disparu de Paris, il y a un peu plus de deux mois, abandonnant sa femme, restée en Angleterre. Elle a juré qu'il ne l'avait pas prévenue et qu'elle ne sait ni pourquoi il est parti, ni où il est allé. C'est vrai ou ce n'est pas vrai! Je suis de ceux qui croient que ce n'est pas vrai.

Hilary écoutait avec attention, penchée en avant. L'histoire l'intéressait. Jessop poursuivit :

— Naturellement, sans en avoir l'air, nous avons gardé l'œil sur Mrs. Betterton. Il y a une quinzaine de jours, elle est venue me voir pour me dire que son médecin lui conseillait vivement d'aller prendre à l'étranger un repos qu'elle ne pouvait trouver en Angleterre, avec les reporters qui ne lui laissaient pas de répit et les amis trop gentils qui ne cessaient de l'importuner.

— Je comprends fort bien qu'elle ait voulu partir!

— C'était, en effet, tout naturel!

— C'est bien mon avis.

— Seulement, dans le service auquel j'appartiens, on a l'esprit soupçonneux. Nous n'avons pas perdu de vue Mrs. Betterton. Hier, elle a quitté l'Angleterre pour se rendre à Casablanca.

— A Casablanca?

— Oui. Non pour y rester, bien entendu, mais pour gagner de là quelque autre ville du Maroc. Elle ne se cachait pas, je tiens à l'ajouter. Mais il est très possible que ce voyage au Maroc ne soit qu'une étape et que, là, Mrs. Betterton disparaisse...

Hilary haussa les épaules.

— Je ne vois toujours pas ce que je viendrais faire dans cette histoire-là.

Jessop sourit.

— Vous avez, chère madame, de magnifiques cheveux roux.

— Vous dites?

— Et ce que Mrs. Betterton a de plus remarquable, ce sont ses cheveux, roux également, et fort beaux. Vous savez sans doute que l'avion qui précédait le vôtre s'est écrasé à l'atterrissage?

— Je le sais d'autant mieux que j'aurais dû être dedans. C'est dans celui-là que j'avais loué ma place.

— Mrs. Betterton était parmi les passagers. Elle n'a pas été tuée sur le coup. On l'a retirée vivante des débris et transportée à l'hôpital. Elle respire encore, mais, d'après les médecins, elle sera morte demain matin.

Hilary commençait à comprendre. Jessop répondit à l'interrogation muette de son regard.

— C'est bien là, en effet, la forme de suicide que je vous propose. Vous deviendriez Mrs. Betterton et Mrs. Betterton continuerait son voyage.

— Mais c'est absolument impossible! On s'apercevrait tout de suite que je ne suis pas elle!

Jessop fit la moue.

— Tout dépend qui cet « on » représente? Si toutefois il représente quelqu'un! Ce que nous ignorons. S'il s'applique aux gens auxquels nous pensons, ce sont des personnes qui, pour leur sécurité individuelle, sont obligés de travailler en petits groupes fermés.

Si le voyage de Mrs. Betterton fait partie d'un plan, s'il a été voulu, organisé, par une puissance supérieure, je puis vous certifier que ceux qui prendront Mrs. Betterton en charge au Maroc ne connaissent rien du côté anglais de l'affaire. Ils sauront seulement que, tel jour, à telle heure, ils devront prendre contact avec une certaine femme à un endroit donné, et la conduire à tel autre endroit. Son passeport décrit Mrs. Betterton comme ayant un mètre soixante-neuf, les cheveux roux, les yeux verts, la bouche moyenne, aucune marque distinctive. On ne saurait demander mieux!

— Mais les autorités locales...

Jessop balaya l'objection d'un geste.

— Il n'y aura pas de difficultés de ce côté-là. Les Français ont vu disparaître quelques-uns de leurs jeunes savants, parmi les plus distingués, et nous pouvons compter sur leur entière collaboration. En fait, voici comment les choses se passeront. Souffrant d'une commotion, Mrs. Betterton a été transportée à l'hôpital, où aura également été admise une autre passagère de l'avion, Mrs. Craven, grièvement blessée. Un jour ou deux plus tard, *Mrs. Craven mourra à l'hôpital.* Mrs. Betterton, elle, le quittera, encore un peu ébranlée, mais pourtant assez remise pour poursuivre son voyage. La catastrophe est authentique, le choc nerveux ne l'est pas moins... il peut être fort utile, puisqu'il justifie par avance toutes les défaillances de mémoire!

— Mais ce serait une entreprise insensée! s'écria Hilary.

— Je vous l'accorde, dit Jessop. C'est une mission dangereuse, et, si nos soupçons sont fondés, dont on risque fort de ne pas revenir. Je vous parle franchement, car, si j'en crois ce que vous m'avez dit, c'est une considération qui doit vous laisser indifférente. Mais convenez que, pour quelqu'un qui en a assez de la vie, il est plus amusant de finir comme ça qu'en se jetant sous les roues d'une locomotive!

Hilary éclata d'un rire assez inattendu.

— Je crois que vous avez raison.

— Alors, c'est oui?

— Pourquoi pas?

Jessop se leva.

— Dans ce cas, nous n'avons plus une minute à perdre!

CHAPITRE IV

1

Il ne faisait pas vraiment froid à l'hôpital, mais on avait pourtant l'impression que le froid vous prenait aux épaules. Une odeur d'antiseptique flottait dans l'air. De temps à autre, quand une table roulante passait dans le couloir, on entendait cliqueter des verres et des instruments de métal qui s'entre-choquaient. Hilary Craven était assise dans un dur fauteuil de fer, auprès d'un lit.

Dans le lit, allongée à plat, Olive Betterton gisait, inconsciente. Une lumière voilée éclairait sa tête, enveloppée de pansements. Un médecin et une infirmière étaient à son chevet, Jessop assis dans un coin de la petite pièce. Le médecin se tourna vers lui et lui parla en français :

— Elle n'en a plus pour longtemps. Le pouls est de plus en plus faible.

— Elle ne reprendra pas conscience ?

Le médecin haussa les épaules.

— Impossible de le savoir. Au dernier moment, peut-être...

— Vous ne pouvez rien faire ?

— Rien.

Le médecin se retira, suivi de l'infirmière. Une sœur la remplaça, qui se tint debout à la tête du lit, les doigts égrenant son chapelet. Hilary regarda Jessop et, sur un signe, alla à lui.

— Vous avez entendu ce qu'a dit le médecin ? lui demanda-t-il à voix basse.

— Oui.

— Si elle reprend connaissance, il faut que vous obteniez d'elle tous les renseignements qu'elle pourra vous donner, un mot de passe, un signe de reconnaissance, un message, *n'importe quoi!* Vous comprenez? Elle se confiera plus volontiers à vous qu'à moi...

— Ainsi, dit Hilary d'une voix altérée par l'émotion, vous voulez que je trahisse une malheureuse femme qui est à l'agonie?

— C'est comme ça que vous voyez les choses?

— Certainement.

Il la regarda, réfléchissant.

— Bien, dit-il. Dans ces conditions, vous agirez comme vous l'entendez. Quant à moi, je ne puis pas me permettre d'avoir des scrupules. Vous comprenez ça?

— Naturellement. Vous faites votre devoir. Vous lui poserez toutes les questions que vous voudrez, mais ne me demandez pas de le faire!

— Vous êtes libre de refuser et je n'ai pas à insister.

— Autre chose. Lui dirons-nous qu'elle est en train de mourir?

— Je n'en sais rien. Je vais songer à ça.

Elle alla se rasseoir dans son fauteuil, pleine de compassion maintenant pour l'agonisante. Pauvre femme, qui s'en allait rejoindre l'homme qu'elle aimait et qui... Au fait, qu'en savait-on? N'était-il pas possible qu'elle fût venue au Maroc simplement pour se reposer, en attendant d'être fixée sur le sort de son époux, de savoir s'il était mort ou vivant?

Deux heures passèrent. La sœur, brusquement, cessa d'égrener son chapelet et se pencha vers Hilary :

— Je crois que la fin approche, lui dit-elle dans un souffle. Je vais chercher le médecin.

Elle sortit. Jessop vint près du lit. Il se plaça contre le mur, hors du champ de vision de l'agonisante. Olive Betterton battit des paupières et ouvrit les yeux. Son regard, d'abord, parut ne rien voir. Il sembla ensuite refléter une sorte d'étonnement.

— Où...

Elle était si faible que le mot s'entendit à peine et qu'elle n'acheva pas la phrase commencée. Le médecin, qui venait d'arriver, lui prit la main, les doigts sur son poignet, et ce fut lui qui répondit à la question :

— Vous êtes à l'hôpital, madame. Votre avion a eu un accident...

— Mon avion?

La voix était à peine perceptible.

— Y a-t-il à Casablanca, madame, quelqu'un que vous désireriez voir ou à qui nous pourrions transmettre un message?

Les yeux de l'agonisante se levèrent tristement vers le visage du médecin, penché sur elle.

— Non, murmura-t-elle.

Elle tourna son regard vers Hilary.

— Qui...

Hilary lui parla, très doucement et en articulant avec soin :

— Je suis venue d'Angleterre en avion, moi aussi. Puis-je faire quelque chose pour vous? Dites-le, je vous en supplie!

— Non... Rien... A moins que...

— A moins que?

— Rien.

Les paupières d'Olive Betterton battirent de nouveau, puis se fermèrent. Hilary leva le front et ses yeux rencontrèrent le regard impérieux de Jessop. Résolument, elle secoua la tête. Non!

Jessop vint se placer près du médecin. La mourante rouvrit les yeux. Elle le reconnut.

— Vous, murmura-t-elle, je vous connais!

— C'est exact, madame Betterton. Avez-vous quelque chose à me dire au sujet de votre mari?

— Non.

De nouveau, elle ferma les yeux. Jessop quitta la pièce. Le médecin regarda Hilary.

— C'est la fin! dit-il, très bas.

L'agonisante rouvrit les yeux et son regard, après avoir fait le tour de la pièce, se fixa sur Hilary. Elle fit un léger mouvement et, d'un geste instinctif, Hilary prit sa main dans les siennes. Le médecin eut un léger haussement des épaules, salua et se retira. Les deux femmes restaient seules. Olive Betterton essaya de parler.

— Dites-moi...

La question que la mourante n'arrivait pas à poser, Hilary l'avait comprise et, brusquement, son devoir lui apparut très clairement. Penchée sur le lit, son visage tout près de celui d'Olive Betterton, elle dit :

— Oui, vous allez mourir. C'est bien cela que vous voulez savoir, n'est-ce pas? Maintenant, écoutez-moi bien! Je vais essayer de joindre votre mari. Si j'y parviens, avez-vous un message que je pourrais lui transmettre?

— Dites-lui... d'être prudent!... Boris... dangereux...

La voix d'Olive Betterton n'était qu'un souffle.

— Ne pouvez-vous rien me dire qui puisse m'aider, me permettre de retrouver votre mari?

— *Neige!*

Le mot avait été dit très doucement, mais très distinctement. Hilary le répéta, surprise. D'autres mots sortaient des lèvres de la mourante. Des vers!

— *Neige, neige, neige admirable!*

Tu tombes en flocons, et puis tu disparais...

Hilary écoutait, stupéfaite.

— Voyez-le et dites-lui, pour Boris. Je ne le croyais pas. Je ne *voulais pas* le croire. Mais ce doit être vrai... Et alors... Prends garde...

Un hoquet sortit de la gorge de la malheureuse. Ses lèvres restèrent entrouvertes.

Olive Betterton était morte.

2

Les cinq jours qui suivirent représentèrent pour Hilary un sérieux effort intellectuel. Enfermée dans une petite chambre de l'hôpital, elle travaillait, passant chaque soir une sorte d'examen sur ce qu'elle avait étudié dans la journée. On lui avait remis des notes très détaillées sur Olive Betterton et elle devait les apprendre par cœur, sans rien négliger. Il lui fallait tout savoir : la disposition intérieure de sa maison, les femmes de ménage qu'elle avait eues à son service, le nom de ses parents aussi bien que celui de son chien et de son canari, ce qu'avaient été les six mois durant lesquels elle fut la femme de Betterton, les circonstances de son mariage, comment étaient les toilettes de ses demoiselles d'honneur, la couleur de ses tapis et celle de ses rideaux, ses goûts et ses dégoûts, les plats qu'elle aimait, et bien d'autres choses encore. Qu'on eût recueilli sur Olive Betterton une telle masse d'informations, toutes également dépourvues d'intérêt, Hilary en restait stupéfaite.

— Il n'est pas possible que tout ça puisse servir! dit-elle un soir à Jessop.

— Vous avez sans doute raison, lui répondit-il d'un ton tranquille. Mais, si vous devez être Olive Betterton, vous ne pouvez vous contenter de l'être à peu près! Voici, moi, comment je vois les choses. Je suppose que vous écrivez et que vous voulez faire un livre sur une femme, qui est Olive. Vous décrivez des scènes de son enfance, vous parlez de son adolescence, de son mariage, de sa vie. A mesure que le travail avance, le personnage prend de la consistance à vos yeux. Vous le voyez. Il existe. Là-dessus, le livre terminé, vous en écrivez un autre, sur le même sujet, mais, cette fois, sous forme d'autobiographie, *à la première personne*. Vous voyez ce que je veux dire?

Elle répondit « oui » d'un signe de tête. Il poursuivit :

— Pour vous considérer comme étant Olive Betterton, *il faut que vous soyez Olive Betterton!* Le résultat serait meilleur si vous pouviez travailler sans trop de hâte, mais nous sommes *pressés par le temps*. Alors, je suis obligé de vous chauffer, comme on chauffe un étudiant avant ses examens!

Avec un sourire, il ajouta :

— Heureusement, vous pigez vite et vous avez, Dieu merci, une excellente mémoire!

Il regardait Hilary. Si, d'après les signalements portés sur leurs passeports, Olive Betterton et Hilary Craven se ressemblaient fort, dans la réalité, il en allait tout autrement, au moins quant au visage. Olive Betterton avait été une jolie fille, insignifiante et d'une beauté assez commune. Hilary, au contraire, avait une figure « intéressante », avec, sous la ligne presque droite des sourcils, des yeux bleu vert, brillant d'intelligence. La bouche était grande, mais bien dessinée, et le menton énergique.

« Il y a de la volonté dans tout ça, songeait Jessop, et aussi du cran! Et puis, aussi, moins évidente, mais pourtant réelle, une certaine gaieté foncière, qui fait que, malgré tout, cette fille-là aime la vie et a le goût de l'aventure... »

— Ça ira! dit-il tout haut. Vous êtes une bonne élève.

Stimulée par la difficulté, Hilary était bien résolue à se mettre dans la tête tout ce que sa mémoire devait emmagasiner en un temps record. Cette entreprise acceptée, elle voulait maintenant la mener à bien. Des objections s'étant présentées à son esprit, elle en fit part à Jessop.

— Vous me dites qu'on me prendra pour Olive Betterton, les gens auxquels j'aurai affaire ne possédant d'elle qu'une description assez vague. Comment pouvez-vous en être sûr ?

Jessop haussa les épaules.

— Nous ne sommes sûrs de rien. Seulement, nous sommes assez renseignés pour savoir que, sur le plan international, il y a, d'un pays à un autre, très peu de contacts. Ce qui, d'ailleurs, est un avantage pour *eux*. Supposons que nous découvrions en Angleterre un maillon faible, comme il y a en toujours, et partout. Ce maillon faible, il ne sait rien de ce qu'il se passe en France, en Italie, en Allemagne ou ailleurs, et il ne peut rien nous apprendre ! C'est la même chose partout. Je suis prêt à parier que la cellule qui, ici, doit prendre en charge Olive Betterton sait seulement qu'elle devait arriver par tel avion et que l'on doit lui donner telles ou telles instructions. Il faut bien comprendre que *personnellement* elle n'a aucune importance. Si on lui fait rejoindre son époux, c'est parce qu'il l'a demandé, *lui*, et parce qu'on estime qu'il fera du meilleur travail quand elle sera près de lui. Dans l'affaire, elle ne compte pas. D'autre part, n'oubliez pas que cette substitution, c'est de l'improvisation ! Pour que nous y songions, il a fallu un accident d'avion et la couleur de vos cheveux. Originairement, nous nous proposions seulement de « filer » discrètement Olive Betterton, de voir où elle allait, comment elle s'y rendait, qui elle rencontrait, etc., etc. *Ils* se doutent de ça, bien sûr, et ils se méfient. Mais ils ne s'attendent pas à autre chose...

— Vous ne l'aviez pas prise en filature auparavant ? demanda Hilary.

— Si, quand elle est allée en Suisse. Nous l'avons suivie très discrètement, et sans résultats. Si, là-bas, elle a « contacté » quelqu'un, nous ne nous en sommes pas rendu compte. Naturellement, vous pensez bien qu'*ils* sont sûrs que nous ne perdons pas de vue Olive Betterton. Nous n'y manquerons pas, d'ailleurs. Nous tâcherons seulement que cela ne se voie pas trop !

— Vous me surveillerez ?

— Bien entendu !

— Mais comment ?

Il sourit.

— Je ne vous le dirai pas. Ça vaut mieux ! Ce qu'on ne sait pas, on ne le raconte pas.

— Vous croyez que je le raconterais ?

Il la regarda, la tête penchée sur l'épaule, comme il faisait souvent.

— Je ne sais pas si vous êtes bonne comédienne, si vous mentez bien ! C'est difficile, vous savez ! Pour se trahir, il n'y a pas besoin de parler. Il suffit de bien peu de chose, parfois. Un involontaire mouvement de surprise, un geste qu'on interrompt. Le bras qui s'immobilise quand vous allez allumer une cigarette, par exemple. Il n'en faut pas plus ! On a compris que vous aviez reconnu le nom qui vient d'être prononcé devant vous. Vous vous ressaisissez tout de suite, mais il est trop tard ! Le mal est fait.

— Autrement dit, il faut tout le temps se tenir sur ses gardes ?

— Vous l'avez dit ! Et, maintenant, travaillons ! Vous n'avez pas l'impression que vous êtes revenue à l'âge scolaire ?

Elle sourit, attendant sa première question. Celle-ci vint, suivie de beaucoup d'autres. Vainement il lui tendait des pièges, essayant de la prendre en défaut. Elle les évitait habilement, sûre de toutes ses réponses. Au bout d'un instant, il se leva et, paternel, administra de petites tapes amicales sur l'épaule de la jeune femme, en se déclarant satisfait.

— Vous êtes une excellente élève, Hilary. Ce dont je voudrais que vous vous souveniez, c'est ceci : dans cette aventure, s'il vous arrive de vous croire seule, dites-vous bien que *probablement* il n'en est rien ! Je dis « probablement », sans m'engager plus, parce que nous avons affaire à forte partie.

— Et si j'arrive au but, demanda Hilary, que se passera-t-il ?

— Que voulez-vous dire ?

— Que se passera-t-il quand je me trouverai face à face avec Tom Betterton ?

Jessop fit la grimace.

— Ça, ce sera le moment dangereux ! Tout ce que je puis

dire, c'est que, *si les choses ont bien marché*, si tout s'est passé *comme nous l'espérons, quelqu'un devrait être là* pour vous protéger! Mais je dois vous rappeler que je vous ai signalé dès le début que l'entreprise était de celles dont on avait peu de chances de revenir.

— Vous avez dit, je crois, une sur cent?

— On peut compter plus. Quand j'ai dit ça, je ne vous connaissais pas.

— Oui.

Pensive, elle ajouta :

— Pour vous j'étais simplement...

Il acheva à sa place :

— Une femme ayant de beaux cheveux roux et que la vie n'intéressait plus.

Elle rougit.

— C'est un jugement sommaire.

— Mais exact. Je ne suis pas de ceux qui s'apitoient. D'abord, c'est désobligeant. Et puis, les gens qui pleurent sur eux-mêmes ne m'inspirent pas de pitié! Il y en a trop dans le monde d'aujourd'hui!

Elle restait songeuse.

— Vous avez peut-être raison, dit-elle. Malgré cela, vous vous permettez de me plaindre un petit peu si, dans l'accomplissement de ma mission, je suis « liquidée »? C'est bien comme ça que l'on dit?

— Vous plaindre? Jamais de la vie! Je jurerai comme un païen, parce que je serai furieux d'avoir perdu un excellent agent!

— Enfin, un compliment!

Elle ne voulait pas le laisser voir, mais elle était très contente de ce qu'il venait de dire. Sur un autre ton, elle reprit :

— Autre chose. Vous me dites que personne n'est susceptible de découvrir que je ne suis pas Olive Betterton, soit! Mais *qui* de ceux qui me reconnaîtront comme étant Hilary Craven? Je n'ai pas de relations à Casablanca, mais les gens qui ont voyagé avec moi dans l'avion? Et, parmi les touristes qui sont ici, qui sait s'il n'y a pas des amis à moi?

— Pour les passagers de l'avion, aucune inquiétude à avoir. Vous n'aviez comme compagnons de voyage que des hommes d'affaires se rendant à Dakar, et un type qui est descendu à Casa et qui, depuis a déjà regagné Paris. En sortant d'ici, vous irez à l'hôtel où Mrs. Betterton avait retenu une chambre. Vous serez coiffée comme elle l'était, vous porterez ses vêtements et vous aurez sur le visage une bande de taffetas ou deux qui vous modifieront sensiblement la physionomie. J'ai oublié de vous le dire, un chirurgien viendra tout à l'heure, qui s'occupera de vous. Avec l'anesthésie locale, vous ne sentirez rien! L'accident ne peut pas ne pas avoir laissé quelques traces.

— Vous pensez à tout!

— Il faut bien!

— Au fait, vous ne m'avez jamais demandé si Olive Betterton m'avait parlé avant de mourir.

— J'ai cru comprendre que vous aviez des scrupules.

— Pardonnez-moi!

— Du tout! Des scrupules, je les respecte! J'aimerais en avoir moi aussi. Seulement, c'est un luxe que je ne peux pas me permettre!

— Elle m'a dit quelque chose que je dois vous rapporter; en pensant à son mari : « Dites-lui d'être prudent, que Boris est dangereux! »

— Boris?

Jessop répéta le nom avec satisfaction. Il ajouta :

— Il s'agit du major Boris Glydr.

— Vous le connaissez? Qui est-ce?

— Un polonais. Il est venu me voir à Londres. Ce serait un cousin par alliance de Tom Betterton.

— Ce *serait?*

— Disons, pour être plus précis, que, s'il dit la vérité, c'est un cousin de feu la première Mrs. Betterton. Il le dit, mais rien ne le prouve.

— Olive Betterton avait peur de lui. Décrivez-le-moi. J'aimerais pouvoir le reconnaître...

— Un mètre quatre-vingts, ou pas loin. Quatre-vingts kilos environ. Blond, les yeux bleus. Un peu raide d'allure, avec un visage de bois. L'air militaire. Il parle un anglais correct, mais avec un accent prononcé.

Après un court silence, Jessop ajouta :

— Bien entendu, quand il est sorti de mon bureau, je l'ai fait suivre. Ça n'a rien donné. Il s'est rendu tout droit à l'ambassade des États-Unis. Il s'était présenté à moi avec une lettre d'introduction signée de l'ambassade, une lettre de pure courtoisie, n'engageant la responsabilité de personne. J'imagine qu'il a quitté l'ambassade dans une voiture ou par une porte de service. Toujours est-il que nous l'avons perdu. Ce qui me donnerait à croire que Olive Betterton avait raison et que Boris Glydr est un homme dangereux.

CHAPITRE V

1

Dans le petit salon sévère de l'hôtel *Saint-Louis,* trois dames étaient assises, toutes trois fort occupées.

Petite, bien en chair et les cheveux d'un joli bleu, Mrs. Calvin Baker écrivait des lettres, avec l'énergie qu'elle apportait à tout ce qu'elle faisait. Il était impossible de ne pas reconnaître en elle, au premier coup d'œil, une Américaine aux revenus confortables, et curieuse de tout.

Installée dans un fauteuil Empire, Miss Hetherington — qui, elle, ne pouvait être prise que pour une Anglaise — tricotait un de ces vêtements, mélancoliques et informes, qui semblent chers à toutes les Anglaises d'un certain âge. Miss Hetherington était grande et maigre, avec un cou de poulet, une coiffure sans grâce et un air dégoûté.

Mlle Jeanne Maricot était assise près de la fenêtre et elle bâillait en regardant dans la rue. C'était une fausse blonde, pas vraiment jolie, mais bien maquillée élégamment vêtue et, pour elle, les deux autres dames qui se trouvaient dans la pièce étaient inexistantes. Jeanne Maricot réfléchissait à un tournant de sa vie sentimentale et les touristes étrangers ne l'intéressaient guère.

Miss Hetherington et Mrs. Calvin Baker, ayant déjà, l'une et l'autre, passé deux nuits sous le toit de l'hôtel *Saint-Louis,* avaient fait connaissance. Mrs. Clavin Baker, avec la cordialité ordinaire à ses compatriotes, parlait à tout le monde. Miss Hetherington, bien qu'aimant beaucoup la conversation, n'adressait la parole qu'à des Anglais et à des Américains d'un certain rang. Quant aux Français, elle les ignorait, sauf quand l'honorabilité de leur vie familiale était attestée, à la salle à manger, par la présence des enfants à la table des parents.

Un Français, ayant l'air d'un commerçant ou d'un industriel aisé, jeta un coup d'œil dans le salon, et vraisemblablement refroidi par la seule vue de Miss Hetherington et de Mrs. Baker, fit demi-tour, non sans avoir coulé dans la direction de Mlle Jeanne Maricot un regard lourd de regrets.

Miss Hetherington comptait ses mailles à mi-voix :

— Trente-huit, trente-neuf... Je ne sais plus où j'en suis!

Une femme assez grande, à la chevelure rousse, s'arrêta un instant à la porte du salon, hésita, puis s'éloigna par le couloir menant à la salle à manger.

Mrs. Calvin Baker et Miss Hetherington s'animèrent. La première tourna la tête vers la seconde. Ses yeux brillaient de plaisir.

— Vous avez vu cette femme, Miss Hetherington ? demanda-t-elle à voix basse. Il paraît qu'elle est la seule survivante de l'accident d'avion de la semaine dernière.

Dans son émotion, Miss Hetherington laissa filer une maille.

— J'étais à l'hôtel, cet après-midi, quand elle est arrivée, dit-elle. Dans une voiture d'ambulance.

— Elle venait directement de l'hôpital, d'après ce que m'a dit le directeur. Peut-être l'a-t-on laissée sortir trop tôt. Elle souffrait d'une sérieuse commotion.

— Et vous avez vu les pansements qu'elle a sur la figure? Des éclats de verre, sans doute. Elle a encore eu de la chance de ne pas être brûlée!

— Je préfère ne pas penser à cela! Pauvre femme! Son mari a peut-être péri dans l'accident.

Miss Hetherington secoua la tête :

— Je ne crois pas. Le journal donnait son nom.

— En effet, je me rappelle. Mrs. Beverly? Non, Betterton!

— C'est cela! Betterton.

Le front plissé, Miss Hetherington poursuivit :

— C'est un nom qui me dit quelque chose, un nom que j'ai déjà lu quelque part...

Mlle Jeanne Maricot se levait. Sa décision était prise.

« Tant pis pour Pierre! se disait-elle. Il est vraiment insupportable. Jean, au moins, est gentil. Et son père a une bien belle situation! »

Non sans grâce, Mlle Maricot sortit du salon — et, accessoirement, de l'histoire.

2

Mrs. Thomas Betterton avait quitté l'hôpital dans l'aprèsmidi, cinq jours après l'accident. Une voiture d'ambulance la conduisit à l'hôtel *Saint-Louis.*

Elle était pâle et avait une partie de la figure cachée par un bandeau. Le directeur tint à l'accompagner lui-même à sa chambre. Il lui demanda avec sollicitude si la pièce lui plaisait, puis, après avoir sans nécessité allumé toutes les lumières, lui dit qu'il était ravi de l'accueillir chez lui.

— Vous venez de vivre, madame, des heures épouvantables et c'est miracle que vous soyez encore vivante! Trois rescapés seulement, si je suis bien informé! Et encore, il y en a un qui n'est pas tiré d'affaire, paraît-il!

Hilary se laissait lourdement choir dans un fauteuil.

— Oui, dit-elle, j'ai eu de la chance! Quelquefois, je me demande si je ne rêve pas. Même maintenant, je ne me souviens pour ainsi dire de rien! Je n'ai qu'une vague notion de ce qu'il s'est passé dans les vingt-quatre heures qui ont précédé la catastrophe.

Le directeur hocha la tête avec sympathie :

— C'est la commotion! J'ai une sœur qui est passée par là. Elle était à Londres, pendant la guerre. Au cours d'un bombardement, elle s'est évanouie. Quand elle est revenue à elle, elle a marché dans les rues, elle a pris le train à la gare d'Euston et elle s'est retrouvée à Liverpool, ne se souvenant de rien. Curieux, n'est-ce pas?

Hilary en convint.

Le directeur parti, elle se regarda dans la glace. Elle s'était si profondément imprégnée de sa nouvelle personnalité qu'elle se sentait faible, comme quelqu'un sortant de l'hôpital après une opération.

Elle avait demandé au bureau si des lettres étaient arrivées à son adresse, ou si on avait laissé pour elle quelque message. On lui répondit que non. En ces premières heures, elle jouait son rôle à l'aveugle. Olive Betterton avait-elle reçu des instructions et devait-elle, à Casablanca, rencontrer quelqu'un ou téléphoner à un numéro déterminé? Hilary l'ignorait. Elle devait se débrouiller avec ce qu'elle avait, autrement dit le passeport d'Olive Betterton, sa lettre de crédit et le carnet de l'agence Cook, billets de chemin de fer et « réservations » d'hôtel : deux jours à Casablanca, six à Fez et cinq à Marrakech. Naturellement, ces « réservations » ne valaient plus rien. Elle verrait ce qu'il était possible de faire. Pour le passeport, la lettre de crédit et la lettre d'identification qui l'accompagnait, tout était paré. La photo du passeport était maintenant celle de Hilary, la lettre de crédit signée « Olive Betterton » de l'écriture de Hilary et tous ses papiers tels qu'ils devaient être. Il ne lui restait qu'à attendre les événements, sans commettre d'impair et sans oublier qu'elle avait en main un très bel atout : l'accident d'avion, avec ses conséquences, perte de mémoire et fatigue générale.

La catastrophe avait bien eu lieu et Olive Betterton était bien à bord de l'avion. La commotion dont elle n'était pas encore remise expliquerait éventuellement qu'elle eût oublié les instructions qu'elle avait pu recevoir. Normalement, après les jours qu'elle venait de passer, Olive Betterton devait attendre les ordres et se reposer.

Hilary s'étendit sur le lit et, deux heures durant, repassa en sa mémoire tout ce qu'elle avait appris depuis cinq jours. Les bagages d'Olive avaient été détruits dans l'accident. Hilary ne possédait que les quelques menus objets qui lui avaient été donnés à l'hôpital. Elle passa un peigne dans ses cheveux, toucha ses lèvres de son bâton de rouge et descendit à la salle à manger pour le dîner.

Elle remarqua qu'elle ne passait pas inaperçue. Plusieurs tables étaient occupées par des hommes d'affaires, qui ne lui accordèrent qu'un rapide coup d'œil. Mais elle eut l'impression qu'aux autres tables, celles des touristes, on parlait d'elle à voix basse, en la regardant à la dérobée.

Après le repas, elle alla s'asseoir au petit galop, assez curieuse de savoir si quelqu'un viendrait à elle. Il y avait là trois ou quatre dames, dont une, petite et grassouillette, avec les cheveux teints en bleu. Bientôt, cette dame déplaçait son fauteuil pour se rapprocher de Hilary et lui adressait la parole. Très aimable, elle avait l'accent américain.

— Vous me pardonnerez, dit-elle, mais je ne peux pas ne pas vous dire deux mots! C'est bien vous, n'est-ce pas, qui avez *miraculeusement* survécu à ce terrible accident d'avion?

Hilary posa le magazine qu'elle lisait.

— C'est bien moi, en effet.

— Mon Dieu!... Et il n'y a, paraît-il, que trois survivants! C'est bien exact?

— Deux seulement. Il y a eu un décès encore, à l'hôpital.

— C'est épouvantable! Serais-je indiscrète, madame...

— Betterton...

— Merci. Puis-je vous demander à quelle place exactement vous étiez assise dans l'avion? A l'avant ou à l'arrière?

La question n'embarrassait pas Hilary. Elle connaissait la réponse.

— Tout à fait à l'arrière, dit-elle.

— Il paraît que plus on est loin de l'avant, moins on court de risques, en cas d'accident. Moi, j'insiste toujours pour être placée à l'arrière. Vous avez entendu, Miss Hetherington?

Tournant la tête vers une Anglaise au visage chevalin, qui tricotait à deux mètres de là, elle ajouta :

— C'est bien ce que je vous disais, l'autre jour! Quand vous voyagez en avion, ne vous laissez pas faire par l'hôtesse de l'air, si elle prétend vous installer à l'avant!

Hilary eut un sourire amusé.

— Ces places de l'avant, dit-elle, il faut pourtant bien que quelqu'un les occupe!

— Laissez-les à ceux qui en veulent! répliqua l'Américaine. Excusez-moi, je ne me suis pas présentée! Je m'appelle Baker, Mrs. Calvin Baker.

Sans laisser à Hilary le temps de placer un mot, elle poursuivit :

— J'arrive de Mogador et Miss Hetherington vient de Tanger. Nous avons fait connaissance ici. Vous irez à Marrakech?

— Je comptais y aller, mais cet accident a bouleversé mon horaire.

— Naturellement. Seulement, ce n'est pas une raison pour manquer Marrakech! Vous ne croyez pas, Miss Hetherington?

— Marrakech est horriblement cher, dit l'Anglaise. Et ces restrictions à l'exportation des devises compliquent tout!

— Il y a un hôtel excellent, le Mamounia, reprit Mrs. Baker.

— Il est hors de prix! déclara Miss Hetherington. Au moins pour moi... Pour vous, bien sûr, madame Baker, c'est différent! Quand on a des dollars... Heureusement, on m'a donné l'adresse d'un petit hôtel, très bien, très propre, et où, paraît-il, on ne mangerait pas mal du tout.

Mrs. Baker revenait à Hilary.

— Projetez-vous de visiter d'autres villes encore, madame Betterton?

— J'aimerais voir Fez. Seulement, il faut que je m'entende avec l'agence...

— Il faut absolument que vous fassiez Fez, et aussi Rabat.

— Vous connaissez?

— Pas encore! Mais ça ne tardera plus maintenant, ni pour moi, ni pour Miss Hetherington.

La conversation se poursuivit quelques instants encore, puis, alléguant qu'elle était fatiguée, Hilary prit congé et monta à sa chambre.

Cette soirée ne lui apprit rien. Les deux femmes avec qui elle avait parlé paraissaient être des touristes, modèle courant. Il lui semblait difficile de leur attribuer un autre rôle. Elle décida que le lendemain matin, si aucun message ne lui était parvenu d'ici là, elle se rendrait à l'agence Cook, pour organiser ses prochains séjours à Fez et à Marrakech.

Le lendemain, vers onze heures, elle était à l'agence. Elle dut faire la queue assez longuement, mais, quand enfin son tour fut venu, un employé d'un certain âge vint se substituer au petit jeune homme auquel elle se disposait à expliquer ce qui l'amenait.

Lui souriant derrière ses lunettes, il s'adressa à elle fort aimablement :

— Madame Betterton, je crois?.. Toutes vos « réservations » sont faites, madame.

— Elles l'étaient, corrigea Hilary. Mais, avec cet accident, je crains fort...

— Rassurez-vous, madame, et permettez-moi de vous féliciter d'avoir ainsi miraculeusement échappé à la mort! Dès que nous avons reçu votre coup de téléphone, nous avons fait pour vous de nouvelles « réservations »... et tout est prêt!

Hilary eut conscience de l'accélération des battements de son pouls. A sa connaissance, nul n'avait téléphoné à l'agence. Qu'on l'eût fait, c'était la preuve que quelqu'un dirigeait et « supervisait » le voyage d'Olive Betterton.

— Je n'étais pas sûre qu'on eût téléphoné, dit-elle.

— On l'a fait, madame. Voici vos billets de chemin de fer et voici pour les hôtels...

Hilary apprit ainsi qu'elle devait partir pour Fez le lendemain.

Mrs. Calvin Baker ne parut à la salle à manger, ni au déjeuner, ni au dîner. Miss Hetherington répondit d'un mouvement de tête au salut de Hilary, mais n'essaya pas d'engager la conversation.

Le lendemain, après avoir acheté du linge et des vêtements, Hilary prenait le train pour Fez.

3

Ce même jour, Mrs. Calvin Baker rentrait à l'hôtel, du pas décidé qu'elle avait une fois pour toutes adopté, quand elle fut arrêtée par Miss Hetherington, qui, l'œil luisant de satisfaction, lui annonça qu'elle savait enfin ce que lui rappelait ce nom de « Betterton ».

— Betterton, c'est ce jeune savant anglais qui a disparu. Tous les journaux ont parlé de ça. Il y a deux mois environ.

— Vous avez raison, je me souviens vaguement de ça. Il était allé à Paris, pour une conférence scientifique?

— Vous y êtes! Alors, je me demande si cette Mrs. Betterton ne serait pas *sa femme!* J'ai consulté le registre de l'hôtel et j'ai vu que, comme adresse, elle avait donné Harwell. Or, Harwell, c'est le centre de recherches atomiques! Moi, ces bombes atomiques, je suis résolument contre. Et aussi contre les bombes au cobalt! Un si joli bleu, le cobalt! Et ils en font des bombes, et les plus meurtrières de toutes! Avec elles, paraît-il, il n'y a pas de survivants. D'ailleurs, l'humanité entière est condamnée. Une de mes amies m'a dit récemment que son cousin qui est un homme très bien placé pour savoir, lui a confié que le monde pourrait bien, d'ici peu, devenir radioactif...

— Mon Dieu! murmura Mrs. Calvin Baker.

CHAPITRE VI

Hilary avait été quelque peu déçue par Casablanca. L'Europe y était trop présente, et le mystérieux Orient pas assez. Aussi s'en allait-elle avec plaisir vers le Nord.

Assise près de la fenêtre, elle regardait fuir le paysage. Le ciel était pur, le temps superbe. Elle avait en face d'elle un Français de petite taille, qui devait être un voyageur de commerce. Une nonne, qui disait son chapelet d'un air réprobateur, occupait un coin du compartiment, dans lequel se trouvaient encore deux Mauresques, encombrées de paquets et qui bavardaient avec une joyeuse animation.

Après avoir offert du feu à Hilary, qui venait de porter une cigarette à ses lèvres, le Français engagea la conversation. Il connaissait bien le pays et la jeune femme le trouva intelligent et intéressant.

— Vous devriez aller à Rabat, dit-il. Il faut voir Rabat!

— J'essaierai, mais je n'ai pas beaucoup de temps.

Souriant, elle ajouta :

— Et puis, je n'ai pas tellement d'argent! Nous ne pouvons pas en emporter autant que nous voulons.

— Il y a toujours moyen de s'arranger avec un ami résidant dans le pays!

— Il se trouve, malheureusement, que je ne connais personne au Maroc.

— La prochaine fois, madame, vous me préviendrez! Je vous donnerai ma carte. Je me rends souvent en Angleterre, vous me rembourserez là-bas. C'est si simple!

— Je vous remercie d'avance et je profiterai de votre offre, car je compte bien revenir au Maroc.

— Un pays qui diffère sensiblement du vôtre. Il fait si froid, chez vous ! Avec le brouillard... Notez qu'à Paris, où j'étais encore il y a trois semaines, c'était à peu près la même chose ! Quand je suis parti, il faisait un temps de chien. J'arrive ici ! Soleil sur toute la ligne ! Remarquez qu'ici l'air est quelquefois assez vif. Mais il est toujours pur ! Ça compte. Comment était le temps, quand vous avez quitté l'Angleterre ?

— Tel que vous l'avez décrit. Froid et brumeux.

— C'est la saison. Vous avez eu de la neige, cette année ?

— De la neige ? Non.

Hilary, amusée, se demandait si ce petit Français qui avait l'air d'avoir beaucoup voyagé, se rendait compte qu'il se comportait tout à fait comme un Anglais en faisant porter la conversation presque exclusivement sur le temps. Elle lui posa deux ou trois questions sur la situation politique au Maroc et en Algérie et il y répondit avec bonne grâce, et en homme bien informé.

Il faisait nuit quand on arriva à Fez.

Hilary avait à peine mis le pied sur le quai de la gare que des porteurs arabes se disputaient ses bagages. Un peu étourdie par le bruit, la jeune femme ne savait trop que faire. Son compagnon de voyage, heureusement, vint à son secours.

— Vous descendez, j'imagine, au Palais Jamail ?

— Oui.

— Parfait. Vous savez que c'est à huit kilomètres d'ici ?

— Huit kilomètres ! Alors, c'est hors de la ville ?

— C'est près de la vieille ville. Je suis obligé, moi, de me loger dans le quartier commerçant de la ville neuve, mais, si je voyageais pour mon plaisir, je m'installerais au Palais Jamail. C'est une ancienne résidence seigneuriale, avec de magnifiques jardins, et le vieux Fez, qui est resté à peu près tel qu'il était autrefois, est tout à côté. Je n'ai pas l'impression que l'hôtel ait envoyé une voiture à la gare. Si vous le voulez bien, je vais vous procurer un taxi.

— Vous êtes trop aimable.

Quelques minutes plus tard, Hilary était installée dans un taxi, ses bagages à côté d'elle. Le Français lui dit très exactement combien elle devait donner aux porteurs arabes et, ceux-ci ayant protesté contre la modicité de leur rétribution, il se chargea lui-même de les disperser, s'adressant à eux dans leur langue, sur un ton sans réplique. Après quoi, tirant une carte de visite de son portefeuille, il la remit à Hilary.

— Si je puis vous être utile, madame, n'hésitez pas à faire appel à moi ! Je suis au Grand Hôtel pour quatre jours.

Il salua et s'éloigna. Hilary, comme sa voiture démarrait, profita des lumières de la gare pour jeter un coup d'œil sur la carte. L'obligeant Français s'appelait Henri Laurier.

Le taxi sortit de la ville et, bientôt, roula dans la campagne. Hilary essayait de voir à travers les vitres, mais il faisait trop noir pour qu'elle pût rien distinguer, sauf, de temps en temps, un bulding brillamment éclairé. Hilary songeait. Était-ce ici que son voyage cessait d'être une banale promenade, ici qu'elle entrait dans l'inconnu ? M. Laurier était-il un simple voyageur de commerce ou bien le représentant de la mystérieuse organisation qui put amener Thomas Betterton à abandonner ses travaux, son foyer, sa femme et son pays ? Hilary se sentait vaguement inquiète. Où ce taxi l'emmenait-il ?

Il la mena simplement, et par la route la plus directe, au Palais Jamail. C'était, elle le découvrit avec ravissement, une somptueuse résidence orientale avec de longs divans, de petites tables basses et des tapis indigènes. Du bureau de la réception, elle fut conduite, par une succession de salles en enfilade, à une terrasse fleurie, d'où, par un escalier à révolution, elle gagna sa chambre, une vaste pièce meublée à l'orientale, mais pourtant pourvue du « confort moderne » indispensable au voyageur du XXe siècle.

Le serviteur qui la conduisit la renseigna sur l'heure du dîner, servi à partir de sept heures et demie. Elle ouvrit une de ses mallettes, fit un peu de toilette et se rendit à la salle de restaurant, qui ouvrait sur la terrasse.

Hilary fit un excellent dîner. Assez fatiguée, elle ne se donna pas la peine de bien examiner les personnes qui étaient aux autres tables, mais quelques-unes pourtant retinrent son attention. Elle remarqua particulièrement un monsieur déjà âgé, de teint très jeune, qui portait le bouc et que le personnel servait avec un empressement qui ne pouvait passer inaperçu. Elle se demanda qui il était. Les autres dîneurs semblaient tous être des touristes. Il y avait un Allemand, qui occupait tout seul une grande table. Au milieu du restaurant, se trouvait une très jolie jeune femme, qui devait être une Suédoise ou une

Danoise, accompagnée d'un monsieur d'un certain âge déjà; on voyait aussi quelques Anglais, des Américains, et trois familles françaises.

Elle prit le café sur la terrasse. L'air était frais, mais sans excès, et les fleurs embaumaient. Elle se retira tôt.

Le lendemain matin, assise à l'ombre d'un parasol sur la terrasse inondée de soleil, elle réfléchit à ce que sa situation avait d'invraisemblable. Affublée de l'identité d'une morte, elle était là à attendre des événements exceptionnels, alors qu'il était très possible que rien ne survînt. Pourquoi la pauvre Olive Betterton n'aurait-elle pas été tout simplement une malheureuse femme qui, très éprouvée, ne se rendait au Maroc que pour y trouver un peu de repos et des paysages qui la distrairaient de ses sombres pensées?

A la réflexion, les paroles qu'elle avait prononcées juste avant de mourir s'expliqueraient de façon très ordinaire. Elle voulait dire à son mari de se méfier d'un certain Boris. Quoi de plus naturel? Délirant à demi, elle avait récité deux vers, puis dit : « Je ne voulais pas le croire! » Croire quoi? Vraisemblablement, que son mari avait fini par écouter ceux qui lui conseillaient de quitter l'Angleterre et de disparaître. Plus elle y pensait, plus Hilary se persuadait qu'Olive Betterton ne savait rien.

Dans le jardin en contrebas de la terrasse, des enfants jouaient et couraient, sous la surveillance de leurs mamans. Il faisait un temps magnifique. La blonde Suédoise s'assit à une table, assez loin de Hilary, et bâilla. Après quoi, tirant de son sac à main un bâton de rouge très pâle, elle fit, sans nécessité, quelques retouches à des lèvres déjà parfaitement dessinées. Son compagnon — peut-être son mari, ou peut-être son père — vint la rejoindre. Elle répondit sèchement à son bonjour, puis, penchée vers lui, elle lui parla, visiblement avec mauvaise humeur. Hilary eut l'impression qu'il s'excusait.

Venant des jardins, le vieil homme au visage jaune et au bouc parut sur la terrasse. Il alla s'asseoir près du mur du fond. Il n'avait pas encore pris place dans son fauteuil qu'un maître d'hôtel, accourut à toutes jambes, prenait sa commande.

Hilary se fit servir un apéritif. Retenant le garçon, elle lui demanda à voix basse qui était le vieux monsieur au bouc.

— C'est M. Aristidès. Il est prodigieusement riche. Prodigieusement!

Le garçon avait prononcé le nom avec respect et fait allusion à la fortune du personnage avec une sorte d'extase. Hilary regarda le vieillard. Un pauvre échantillon d'humanité! Ridé, desséché, comme momifié. Mais riche! Son argent faisait tout oublier. Un signe de lui et tout le personnel de l'hôtel se prosternait à ses pieds! Il fit un mouvement et ses yeux, un instant, rencontrèrent ceux de Hilary. Même à distance, elle fut frappée de l'éclat et de l'intelligence de son regard. L'homme, très certainement, n'était pas banal.

La Suédoise et son compagnon se levèrent pour gagner le restaurant. Le garçon qui avait renseigné Hilary lui donna sur eux des informations qu'elle ne demandait pas.

— Lui, c'est un Suédois, un industriel. Extrêmement riche. Et la femme, une vedette de cinéma, une autre Garbo, à ce qu'il paraît. Très jolie, mais imbuvable! Elle est impossible. Rien ne lui plaît et elle n'arrête pas de lui faire des scènes. Elle dit qu'elle en a assez d'être à Fez. Probablement, parce qu'il n'y a pas de bijouteries et pas assez de femmes pour lui envier ses toilettes. En tout cas, elle s'ennuie et a décidé de partir demain. Lui, ça l'embête, mais il s'incline. Ah! il ne suffit pas d'avoir de l'argent pour avoir la paix!

Sur cette réflexion philosophique, le garçon, brusquement, démarra comme un champion de course à pied pour aller prendre les ordres de M. Aristidès. L'homme prodigieusement riche l'avait appelé d'un mouvement de l'index.

La plupart des hôtes du Palais Jamail étaient maintenant au restaurant, mais Hilary, ayant pris son petit déjeuner assez tard, n'était pas pressée de se mettre à table. Elle commanda un second apéritif. Un jeune Français, très élégamment vêtu, sortit du bar et se dirigea vers les jardins. Passant près de la jeune femme, il la dévisagea avec insistance. Il s'éloigna en fredonnant deux vers d'un opéra français, que Hilary reconnut :

Le long des lauriers-roses,
Rêvant de douces choses...

Elle fronça le soucil. *Laurier?* N'était-ce pas le nom de ce Français qu'elle avait rencontré dans le train? Coïncidence ou bien?... Fouillant dans son sac à main, elle chercha la carte de visite qu'il lui avait remise. *Henri Laurier*, 3, *rue du Croissant*,

Casablanca. Au dos de la carte, quelques mots avaient été tracés au crayon, puis effacés à la gomme, assez imparfaitement. Elle déchiffra les deux premiers : « *Où sont,* » et le dernier : « *antan* ». Un message ? Elle en doutait. Il s'agissait plutôt d'une citation, que Laurier avait notée, puis effacée.

Hilary leva les yeux : quelqu'un lui interceptait « son » soleil. C'était M. Aristidès. Debout près de la balustrade dominant les jardins, il regardait au lointain les collines qui fermaient l'horizon. Il soupira, se retourna et, d'un geste maladroit, renversa le verre qui se trouvait sur la table de Hilary. Il s'excusa en français et elle lui déclara gentiment que le malheur n'était pas grand.

— Vous permettez, madame, que je fasse remplacer votre apéritif ?

La commande passée au garçon accouru, il renouvela ses excuses à Hilary, la gratifia d'un grand salut fort courtois, puis s'en alla vers le restaurant.

Le jeune Français revenait des jardins, fredonnant toujours. Il ralentit le pas de façon sensible en passant près de Hilary. Constatant qu'elle ne paraissait même pas s'apercevoir de son existence, il eut un léger haussement des épaules et continua sa route vers le bar.

Le garçon arrivait, apportant à Hilary un nouveau verre. Elle lui demanda si M. Aristidès voyageait seul. La question parut le choquer.

— Oh! madame, vous ne voudriez pas! *Seul,* un homme si riche ? Il a avec lui son valet de chambre, deux secrétaires et son chauffeur.

M. Aristidès ne voyageait pas seul, mais, au restaurant, il mangeait solitaire, comme la veille. Hilary remarqua, à une table voisine de la sienne, deux jeunes hommes qui devaient être ses secrétaires, à en juger par leur attitude. Ils ne quittaient pas M. Aristidès des yeux et on les devinait prêts à courir à lui au moindre signe. M. Aristidès, lui, semblait ne pas les voir. Un secrétaire, pour M. Aristidès, était-ce seulement un être humain ?

L'après-midi passa comme un rêve. Descendant de terrasse en terrasse, Hilary fit une longue promenade dans les jardins. Avec leurs jets d'eau scintillant au soleil, leur verdure, piquée çà et là de la tache rouge des oranges, leurs parfums aussi, ces jardins étaient bien ce que doivent être des jardins, un enclos paisible que ses murs protègent des bruits et des agitations du monde. Elle aurait voulu rester là, et y rester toujours...

Ce qui l'enchantait, c'était moins le décor que ce qu'il symbolisait à ses yeux : le calme et la tranquillité d'esprit. Un calme et une tranquillité d'esprit qui lui avaient longtemps été refusés et qu'elle trouvait au moment même où elle venait de se lancer dans une aventure pleine de périls.

A moins qu'il n'y eût pas d'aventure du tout. Peut-être allait-elle rester là quelque temps, pour constater, en définitive, qu'il ne se passait rien.

Quand, vers le soir, elle rentra à l'hôtel, Hilary eut la surprise de rencontrer dans le hall Mrs. Calvin Baker, ses cheveux bleus teints de la veille, toujours chic et toujours volubile.

— Je suis venue par l'avion, dit-elle à Hilary. J'ai horreur des trains! Non seulement ils n'avancent pas, mais ils transportent, dans ces pays-ci, des gens qui ignorent totalement ce que c'est que l'hygiène. Avez-vous remarqué les nuées de mouches qui se posent sur la viande vendue dans les souks? C'est invraisemblable! Mais, parlons de vous! J'imagine que vous avez déjà visité la vieille ville?

Hilary avoua qu'elle n'avait rien vu de ce qui *doit* être vu.

— Je me suis contentée de paresser au soleil.

— J'oubliais que vous sortez à peine de l'hôpital.

Pour Mrs. Calvin, seule la maladie pouvait excuser une telle indifférence à l'égard des choses qu'on n'a pas le droit de ne pas voir. Elle poursuivit :

— Je suis stupide! Après le choc que vous avez eu, vous devriez rester allongée dans le noir, presque du matin au soir. Nous ferons ensemble quelques petites expéditions. Vous verrez! Moi, j'aime les journées bien remplies. Tout est prévu, tout est organisé! On ne perd pas une minute.

C'était un peu, pour Hilary, comme une préfiguration de l'enfer. Elle n'en fit pas moins compliment à Mrs. Calvin Baker de son activité et de son allant.

— J'avoue que, pour une femme de mon âge, je me défends gentiment, dit l'Américaine. Je ne me sens jamais fatiguée. Au fait, vous ai-je dit que Miss Hetherington arrive ce soir? Vous savez, cette Anglaise qui était à Casablanca. Elle a préféré prendre le train... Je vous quitte. Il faut que je m'occupe de ma chambre. Celle qu'on m'a donnée ne me plaît pas et il est entendu qu'on doit m'en trouver une autre.

Mrs. Calvin Baker, tourbillon miniature, partit là-dessus.

La première personne que Hilary aperçut ce soir-là, lorsqu'elle entra au restaurant, fut Miss Hetherington, assise seule à une petite table. Elle avait ouvert un roman à côté de son assiette et lisait tout en mangeant.

Hilary prit le café avec Mrs. Baker et Miss Hetherington. Celle-ci ne cacha point que la blonde vedette suédoise et son vieux chevalier servant ne lui inspiraient aucune sympathie.

— Il est évident, ajouta-telle, qu'ils ne sont pas mariés. C'est écœurant! Heureusement, on ne rencontre pas que des couples irréguliers. La famille française qui était à la table voisine de la mienne est fort bien. Les enfants m'ont paru charmants. Ce qui m'étonnera toujours, c'est qu'on couche les petits Français si tard! Pour moi, à dix heures, au maximum, un enfant doit être au lit. Et je suis également d'avis que, le soir, on ne doit lui donner que des biscuits trempés dans du lait! Ces petits Français ont mangé de tout!

— Le régime a l'air de leur réussir, dit Hilary en riant.

Miss Hetherington secoua la tête.

— Ils paieront cela plus tard. Vous rendez-vous compte qu'ils ont même *bu du vin?* Et ce sont les parents qui le leur versaient!

Miss Hetherington en était encore bouleversée.

— Il faudrait penser à ce que nous ferons demain, dit Mrs. Calvin Baker. Je ne crois pas que je ferai de nouveau la visite de la vieille ville. Elle est extrêmement intéressante, mais je l'ai déjà faite, la dernière fois que je suis venue ici. C'est un vrai labyrinthe et, sans mon guide, jamais je n'aurais pu revenir à l'hôtel. C'était un charmant garçon, qui m'a dit quantité de choses intéressantes. Il a un frère qui est aux États-Unis, à Chicago, si je me souviens bien. Notre promenade dans la ville terminée, il m'a emmenée dans une sorte d'auberge-salon de thé, presque tout en haut de la colline. De là, on a sur tous les environs une vue magnifique. Naturellement, je n'ai pu faire autrement que de boire un peu de leur thé à la menthe. C'est une horreur! Et ils voulaient me faire acheter des souvenirs. Il y en avait qui n'étaient pas laids du tout. Mais les autres! Heureusement, je suis restée ferme. Il ne faut pas se laisser entraîner, vous ne croyez pas?

— Oh! si, s'écria Miss Hetherington.

Et elle ajouta, amère :

— D'autant qu'il nous est bien difficile d'acheter des souvenirs, avec le peu d'argent qu'on nous autorise à sortir d'Angleterre!

CHAPITRE VII

1

Hilary espérait ne pas être obligée de visiter la vieille ville de Fez en la déprimante compagnie de Miss Hetherington. Elle eut de la chance : il se trouva, en effet, que Mrs. Baker offrit à l'Anglaise de faire avec elle une excursion en voiture, invitation que Miss Hetherington, qui voyait ses fonds baisser de façon alarmante, accepta avec empressement quand l'Américaine eut précisée qu'elle prenait tous les frais à sa charge.

Pourvue d'un guide par les soins de l'hôtel, Hilary se mit en route pour une visite qu'elle était ravie de faire seule. Franchie la porte du vieux Fez, elle eut l'impression de pénétrer dans un autre univers. Autour d'elle elle sentait vivre la cité mauresque, affairée et secrète. Flânant dans les petites rues sinueuses, qui grouillaient d'une foule bruyante et bariolée, elle oubliait le drame qui venait de bouleverser son existence et, conquise par le pittoresque d'un spectacle dont elle ne voulait rien perdre, il lui semblait se promener dans un monde de rêve. Une seule ombre au tableau : l'incessant bavardage de son guide, qui tenait absolument à la faire entrer dans des boutiques diverses où elle jugeait n'avoir rien à faire.

— Cet homme, madame, il a de très jolies choses à vous montrer ! Anciennes et pas cher. Il a aussi des robes et des tissus de soie. Vous aimez les perles ?

Mais il eût fallu plus que cela pour gâter à Hilary le plaisir de sa promenade. Il y avait longtemps qu'elle se sentait « perdue », ne sachant guère dans quelle direction elle marchait, incapable même de dire si elle ne se retrouvait pas dans une rue qu'elle avait déjà parcourue peu auparavant. Elle commençait à se sentir fatiguée quand son guide lui fit une dernière suggestion, comprise évidemment dans son programme ordinaire.

— Voulez-vous, maintenant, que je vous conduise dans une très belle maison, où vous boirez du thé à la menthe ? Ce sont des amis à moi et ils ont de très belles choses à vous faire voir.

Elle devina qu'il s'agissait de cette auberge-salon de thé, dont Mrs. Baker lui avait parlé. Malgré cela, elle accepta, tout en se promettant de revenir le lendemain, mais cette fois sans guide, pour vagabonder à sa fantaisie dans les rues du vieux Fez. Ils franchirent une grille et, suivant un sentier qui s'élevait rapidement, se trouvèrent bientôt sur une colline, à l'extérieur des murs de la vieille cité. Ils arrivèrent enfin à une très belle maison, entourée de jardins immenses.

Hilary s'assit dans une vaste pièce, d'où le regard découvrait la ville tout entière. On ne tarda pas à lui apporter une tasse de thé à la menthe. Pour elle, qui ne sucrait jamais son thé, absorber ce breuvage fut une épreuve pénible. Pourtant, en se disant que ce n'était pas du thé qu'elle buvait, mais une sorte de limonade inconnue, elle la supporta honorablement. Elle prit ensuite un certain plaisir à voir défiler sous ses yeux les tapis, les soieries et les colliers qu'on présentait. Elle fit même quelques menus achats, par simple politesse.

— Maintenant, lui dit alors son guide, décidément infatigable, nous allons faire en voiture une courte promenade d'une heure. Vous verrez des paysages magnifiques et, après, nous rentrerons à l'hôtel.

Puis baissant pudiquement les yeux, il ajouta :

— Auparavant, cette jeune fille va vous conduire aux toilettes. Elles sont très jolies.

La jeune fille qui avait servi le thé attendait Hilary. Souriante, elle dit, en un anglais correct, mais laborieux :

— Si vous voulez bien me suivre. Nos toilettes sont en effet, fort bien. Aussi belles qu'à New York ou à Chicago. Vous verrez !

Amusée et dissimulant un sourire, Hilary suivit la jeune fille. Le guide avait exagéré assez sensiblement, mais l'installation était honnête : il y avait l'eau courante. Hilary se lava les mains et, jugeant la serviette de l'établissement d'une propreté douteuse, les essuya avec son mouchoir.

Après quoi, elle alla à la porte et constata avec surprise qu'il lui était impossible de l'ouvrir. Elle secoua vainement la poignée. Se pouvait-il que quelqu'un eût fermé la porte de l'extérieur ? L'idée lui parut absurde. Regardant autour d'elle, elle aperçut une autre porte. Celle-ci se laissa ouvrir sans résistance. Hilary la franchit et se trouva dans une pièce meublée à l'orientale et éclairée seulement par de longues fentes, percées très haut dans le mur.

Sur un divan bas, un homme était assis, qui fumait. Elle reconnut le petit Français qu'elle avait rencontré dans le train, M. Henri Laurier.

2

— Bonjour, Mrs. Betterton !

Il ne se leva pas pour la saluer et elle eut l'impression que le timbre de sa voix était changé.

Stupéfaite, elle resta quelques secondes incapable de faire un mouvement. Puis, elle se ressaisit. « *Nous y sommes !* se dit-elle. Ce que tu attendais est arrivé. Tu n'as plus qu'à te comporter comme *elle* se comporterait. »

Avançant d'un pas, elle dit, d'une voix anxieuse :

— Vous avez des nouvelles à me donner ?

Il hocha la tête :

— Il me semble, madame, répondit-il d'un ton de reproche, que, dans le train, vous n'avez pas montré une intelligence très éveillée. Sans doute avez-vous trop l'habitude de parler du temps !

Elle ne comprenait pas. Qu'avait-elle donc dit du temps, dans le train ? Il avait été question du froid, du brouillard, de la neige...

De la neige ! Elle pensa à Olive Betterton, à ces deux vers qu'elle avait murmurés, juste avant de rendre l'âme :

Neige, neige, neige admirable !
Tu tombes en flocons et puis tu disparais...

Elle les répéta d'une voix tremblante.

— Voilà ! s'écria Laurier. Pourquoi ne les avez-vous pas dits dans le train ? Vous aviez pourtant des instructions !

— Il faut comprendre que j'ai été malade, répliqua-t-elle. J'étais dans cet avion qui s'est écrasé au sol, à Casablanca, et j'ai souffert d'une dépression nerveuse, qui m'a valu d'être admise à l'hôpital. Depuis j'ai des troubles de mémoire. Je me rappelle fort bien les choses anciennes, mais j'ai des « trous » terribles...

Portant ses deux mains à son front, elle poursuivit, et son émotion paraissait sincère :

— Vous ne pouvez pas vous rendre compte ! C'est effrayant ! J'ai le sentiment d'avoir oublié des choses importantes, extrêmement importantes. Et plus j'essaie de me souvenir, plus je constate qu'elles ne me reviendront jamais à la mémoire ! C'est épouvantable !

— Je vous accorde, dit-il d'une voix très calme, que cet accident est très regrettable. Toute la question est de savoir si vous avez ou non assez de volonté et de courage pour continuer votre voyage.

— Mais j'entends bien le continuer ! s'écria-t-elle. Mon mari...

Sa voix se brisa. Il sourit, d'un sourire plus inquiétant que sympathique.

— Votre mari, autant que je sache, vous attend avec impatience.

— Vous ne pouvez pas imaginer ce qu'a été ma vie depuis son départ !

— A votre avis, les autorités britanniques sont-elles arrivées à une conclusion définitive, quant à ce que vous savez ou ne savez pas ?

Elle écarta les bras d'un geste d'ignorance.

— Que vous dire ? Elles ont *eu l'air* d'être satisfaites.

— Cependant...

— Je crois qu'il est très possible, reprit Hilary, que j'aie été suivie jusqu'ici. Je n'ai repéré personne, mais j'ai eu à différentes reprises, depuis que j'ai quitté l'Angleterre, l'impression très nette d'être surveillée.

— Évidemment. Nous nous y attendions.

— J'ai pensé que je devais vous le dire.

— Ma chère Mrs. Betterton, nous ne sommes pas des enfants. Nous savons ce que nous faisons.

— Excusez-moi ! dit-elle, humblement. Je suis très ignorante.

— Aucune importance. L'essentiel est que vous soyez obéissante.

— Je le serai.

— Vous avez été surveillée, en Angleterre, j'en suis persuadé, depuis le jour même du départ de votre mari. Malgré cela, notre message vous est parvenu, n'est-ce pas ?

— Oui.

— Bien.

Le ton était celui d'un *businessman* traitant une affaire. Il poursuivit :

— Je vais maintenant, madame, vous donner vos instructions.

— Je vous en prie.

— Après-demain, vous quitterez Fez pour Marrakech. C'est, je crois, ce que vous comptiez faire ?

— Exactement.

— Le lendemain de votre arrivée à Marrakech, vous recevrez un télégramme venant d'Angleterre. Ce qu'il contiendra, je l'ignore, mais vous devrez immédiatement prendre vos dispositions pour rentrer à Londres.

— Je dois *retourner à Londres?*

— Laissez-moi finir, voulez-vous ? Vous retiendrez votre place dans un avion quittant Casablanca le jour suivant.

— Et si c'est impossible ? Si toutes les places sont déjà retenues ?

— Elles ne le seront pas. Tout est prévu. Vous avez bien compris vos instructions ?

— Oui.

— Alors, il ne vous reste plus qu'à aller retrouver votre guide. Au fait, vous êtes entrée en relations amicales, je crois, avec une Anglaise et une Américaine qui sont descendues au Palais Jamail ?

— C'est exact. Je n'ai guère pu faire autrement. J'ai eu tort ?

— Du tout ! Ça nous arrange, au contraire. Si vous pouvez persuader une de ces dames de vous accompagner à Marrakech, ce sera parfait !

— Au revoir, monsieur.

— Si vous voulez, dit-il avec indifférence. Mais je doute que nous nous rencontrions de nouveau.

Hilary sortit par où elle était entrée. Cette fois, la porte des toilettes s'ouvrit sans difficulté.

3

— Ainsi, dit Miss Hetherington, vous allez à Marrakech demain? Vous ne serez pas restée longtemps à Fez! Est-ce que vous n'auriez pas eu intérêt à commencer par Marrakech, pour venir ensuite à Fez, avant de regagner Casablanca?

— Je le crois, répondit Hilary. Seulement, on n'organise pas toujours ses voyages comme on le voudrait. Il y a tant de monde dans les hôtels et dans les avions!

— Tant de monde, peut-être. Mais pas des Anglais! On peut aller n'importe où, on n'en rencontre *presque plus!*

Promenant un regard circulaire autour du salon, Miss Hetherington ajouta, d'un ton navré :

— Rien que des Français!

Hilary sourit. Que le Maroc fût terre française, Miss Hetherington s'en souciait peu. Pour elle, un hôtel, où qu'il fût, devrait être peuplé d'Anglais.

Mrs. Calvin Baker eut un petit rire.

— Rien que des Français, parmi lesquels je crois distinguer des Allemands, des Grecs et des Arméniens. Ce petit vieillard, là-bas, par exemple, est Grec. Du moins je le crois.

— On m'a dit qu'il était Américain, fit remarquer Hilary.

— En tout cas, reprit Mrs. Baker, c'est un personnage d'importance. Le personnel est aux petits soins pour lui.

— On voit bien qu'il n'est pas Anglais! lança Miss Hetherington, tricotant avec une énergie furieuse. Les Anglais ne sont pas assez riches pour qu'on s'occupe d'eux.

— Je voudrais vous persuader, l'une et l'autre, de m'accompagner à Marrakech, dit Hilary. Je suis si heureuse de vous connaître et il est tellement ennuyeux de voyager seule!

— Mais, Marrakech, j'y suis déjà allée! s'écria Miss Hetherington.

Mrs. Calvin Baker, elle, semblait accueillir la suggestion avec sympathie.

— C'est une idée, déclara-t-elle. J'étais à Marrakech il y a un mois, mais j'y retournerai volontiers et je me ferai une joie de vous faire visiter la ville, ce qui vous épargnera le désagrément d'avoir des guides indigènes, qui sont des voleurs. Disons que c'est entendu ! Je vais au bureau pour arranger ça.

Après le départ de Mrs. Baker, Miss Hetherington fit remarquer d'un ton pincé que ces Américaines étaient « toutes les mêmes ».

— Elles ne tiennent pas en place et il leur est impossible de rester quelque part. Elles sont en Égypte aujourd'hui, demain en Palestine et, après-demain, ailleurs. Quelquefois, j'en suis à me demander si elles savent dans quel pays elles se trouvent !

Brusquement, elle se leva et, serrant son ouvrage contre sa poitrine, se retira, après avoir salué Hilary d'un petit mouvement de tête assez sec.

Hilary regarda sa montre. Elle n'avait pas envie de changer de robe pour le dîner, comme elle faisait presque toujours. Elle ne bougea pas. Un garçon entra, qui jeta un coup d'œil dans le petit salon et alluma deux lampes. Elles ne répandaient dans la pièce qu'une lumière discrète et l'endroit conservait une sorte d'intimité fort plaisante, et très orientale. Renversée sur les coussins du divan, Hilary songeait.

La veille encore, elle se demandait si elle ne s'était pas lancée dans une aventure dépourvue de sens. Aujourd'hui, la question ne se posait plus : son véritable voyage commençait et l'heure était venue de faire attention, très attention. Elle ne pouvait plus se permettre la moindre bévue. Il lui fallait être Olive Betterton, une jeune femme pas très instruite, complètement indifférente aux choses de l'art et de la littérature, mais aux idées très avancées et, de surcroît, très éprise de son époux.

Hilary se rendit compte brusquement que M. Aristidès était à deux pas d'elle. Il la salua fort courtoisement, avant de s'asseoir dans un fauteuil, tout près du divan.

— Vous permettez, madame ?

— Je vous en prie.

Il lui offrit une cigarette, qu'elle accepta. Il lui donna du feu et, pendant un court instant, ils fumèrent en silence.

— Ce pays vous plaît, madame ? dit-il soudain.

— Je n'y suis que depuis peu, répondit-elle, mais jusqu'à présent j'avoue qu'il m'enchante.

— Vous avez visité la vieille ville?

— Oui. C'est une merveille!

— Je suis de votre avis. On y retrouve le passé, son mystère, ses intrigues, sa grandeur. Vous savez à quoi je pense, madame, quand je me promène dans les rues de Fez?

— Comment le devinerais-je?

— Je pense à Londres, et plus spécialement à Great West Road, que je revois, le soir, avec ses buildings illuminés. Il n'y a pas de rideaux aux fenêtres et, quand on passe en voiture, on aperçoit les gens qui sont dans les maisons. Ils travaillent au grand jour. Il n'y a rien de caché, rien de secret! Tout le monde peut regarder, tout le monde peut voir.

— J'imagine, dit Hilary, intéressée, que c'est le contraste qui vous frappe?

— Exactement. Car, à Fez, tout est ombre et mystère. On ne voit rien, *mais...*

Penché en avant et donnant de l'index de petits coups sur une table basse, il répéta :

— On ne voit rien, mais, ici, comme là, tout se passe rigoureusement de la même manière. Mêmes ambitions, mêmes marchandages, mêmes cruautés...

— Vous voulez dire que la nature humaine est la même partout?

— C'est cela même! Il n'y a jamais eu dans le monde que deux forces, la méchanceté et la bonté. C'est tantôt l'une, tantôt l'autre qui l'emporte. Parfois, pourtant, elles coexistent..

Presque sur le même ton, il poursuivit :

— On m'a dit, madame, que vous vous trouviez dans cet avion qui s'est écrasé au sol, à Casablanca?

— C'est exact.

— Je vous envie.

Comme elle le regardait avec une certaine stupeur, il ajouta :

— C'est une expérience qu'on peut envier, croyez-moi! Sentir la mort vous frôler et survivre, cela vaut d'être vécu. Depuis cet accident, vous sentez-vous... différente?

Hilary eut un sourire.

— Différente, si l'on veut! J'ai des migraines atroces et des troubles de la mémoire.

— Je songeais à autre chose. Voyez-vous la vie sous un aspect... nouveau?

Hilary pensa à une certaine bouteille d'eau minérale et à une petite boîte de somnifère.

— Peut-être, dit-elle.

— Vous voyez!

M. Aristidès se leva, s'inclina de nouveau devant la jeune femme et se retira.

CHAPITRE VIII

Depuis près d'une demi-heure, Hilary était dans la salle d'attente de l'aéroport. Et, depuis près d'une demi-heure, Mrs. Calvin Baker parlait presque sans arrêt. Hilary, qui lui répondait plus ou moins machinalement, s'avisa soudain que Mrs. Baker ne s'adressait plus à elle, mais qu'elle semblait maintenant accorder toute son attention à deux voyageurs assis à leur côté. Ils étaient, l'un et l'autre, grands, jeunes et blonds. Avec son large et cordial sourire, le premier ne pouvait être qu'un Américain. Le second, d'allure assez compassée, devait être un Danois ou un Norvégien. Il s'exprimait en un anglais appliqué, lentement et articulant de façon exagérée. L'Américain semblait ravi d'avoir rencontré une de ses compatriotes.

Mrs. Calvin Baker se tourna vers Hilary.

— Mrs. Betterton, il faut que je vous présente M... ?

— Andrews Peters. Andy, pour mes amis.

Le second jeune homme se leva, salua avec une certaine raideur et se nomma :

— Tourquil Ericsson.

Mrs. Calvin Baker exultait.

— Voilà les connaissances faites ! s'écria-t-elle avec cordialité. Nous allons tous à Marrakech, je crois ? Mon amie s'y rend pour la première fois...

— Moi aussi, dit Ericsson.

— Et moi également, ajouta Peters.

Le haut-parleur se mit soudain à hurler d'une voix rauque, et en français, des mots difficilement compréhensibles, dont on devinait pourtant qu'ils invitaient les voyageurs à se diriger vers l'avion.

Celui-ci emmenait, outre Hilary et Mrs. Calvin Baker, Andrew Peters, Ericsson, deux autres passagers : un Français, grand et maigre, et une nonne, d'aspect sévère.

Le soleil brillait dans un ciel clair et les conditions atmosphériques étaient excellentes. Renversée dans son fauteuil, les yeux mi-clos, Hilary étudiait ses compagnons de voyage, seul moyen d'échapper aux questions angoissantes qui sans cesse lui revenaient à l'esprit.

Juste devant elle, de l'autre côté de l'allée, elle avait Mrs. Baker. Dans son costume de voyage gris, l'Américaine ressemblait à un canard dodu et satisfait de son sort. Un petit chapeau, curieusement orné de deux ailes de pigeon, était perché sur sa chevelure bleue. Elle lisait un magazine de luxe et, de temps en temps, par de petites tapes sur l'épaule, requérait l'attention du voyageur occupant le siège qui se trouvait devant elle. C'était Peters. Il tournait vers elle son beau visage souriant, écoutait la remarque dont elle tenait à lui faire part et répondait gentiment. Hilary ne put s'empêcher, une fois encore, d'admirer le caractère heureux des Américains, tellement différents des Anglais, toujours très réservés, et particulièrement en voyage. Elle ne voyait pas, par exemple Miss Hetherington conversant en avion avec un jeune homme à peine connu d'elle, même en admettant qu'il fût Anglais. Au reste, Anglais, il ne lui aurait sans doute pas répondu.

Ericsson était de l'autre côté de l'allée, lui aussi, derrière Mrs. Calvin Baker. Ses yeux ayant rencontré ceux de Hilary, il la salua d'un petit mouvement de tête assez bref et lui offrit la revue qu'il venait de fermer. Elle l'accepta et le remercia. Le Français était assis derrière Ericsson. Les jambes allongées et les bras croisés sur la poitrine, il semblait dormir.

Tournant légèrement la tête, Hilary regarda derrière elle. La nonne était là, immobile, très droite, les mains jointes sur son giron. Son visage n'exprimait rien, son regard vide semblait ne rien voir.

Hilary se dit que la vie était curieuse, qui, pour quelques heures, réunissait à bord d'un même avion six voyageurs qui, arrivés à leur commune destination, se sépareraient probablement et ne se reverraient peut-être jamais plus. Elle avait lu un roman auquel une observation analogue servait de point de départ. Six personnages, sans liens entre eux, dont l'auteur contait l'existence. Hilary se dit que le Français, qui avait l'air très fatigué, devait être en vacances, le jeune Américain vraisemblablement un étudiant, et Ericsson un ingénieur allant prendre possession de son poste. Quant à la religieuse elle rejoignait son couvent.

Elle ferma les yeux et, oubliant ses compagnons de voyage, se remit à songer aux instructions qui lui avaient été données. Elles lui paraissaient insensées. Retourner en Angleterre! N'était-ce pas de la folie? A moins, bien entendu, qu'elle n'eût commis quelque erreur. Peut-être n'avait-elle pas fourni le mot de passe que la véritable Mrs. Betterton eût prononcé au moment voulu? Elle soupira et se consola en se disant qu'elle avait fait de son mieux et qu'elle ne pouvait faire plus.

Une autre idée lui vint. Henri Laurier avait paru trouver tout naturel qu'elle fût surveillée et « filée ». Il était possible que ce retour en Angleterre eût simplement pour objet de prouver que les soupçons qu'on pouvait avoir à son endroit étaient sans fondement. Mrs. Betterton brusquement rentrée à Londres, il était démontré qu'elle ne s'était point rendue au Maroc pour y disparaître, comme avait fait son époux. On cesserait de la suspecter, on la laisserait voyager à sa guise. Et, un jour, l'avion d'Air France l'emporterait vers Paris. Et, là...

Elle ne se trompait pas. C'était bien ça! C'était à Paris que Tom Betterton avait disparu. L'immensité de la ville facilitait les choses. Peut-être Betterton y était-il encore...

Lasse d'échafauder d'inutiles hypothèses, Hilary finit par s'endormir. Quand elle se réveilla, elle eut l'impression que l'avion décrivait de grands cercles et perdait de la hauteur. Elle jeta un coup d'œil sur sa montre : on était loin encore de l'heure prévue pour l'arrivée à Marrakech. Elle regarda par le hublot : pas la moindre trace d'aérodrome dans le paysage. Elle se sentit vaguement inquiète.

Le Français se mit debout, s'étira avec un bâillement, regarda à l'extérieur et dit, dans sa langue maternelle, quelques mots qu'elle ne comprit pas.

— Nous descendons, constata Ericsson. Je voudrais bien savoir pourquoi!

Mrs. Calvin Baker se tourna vers Hilary :

— On dirait que nous atterrissons.

La contrée était désertique. Après quelques cercles encore,

l'avion se posa. Les roues touchèrent le sol assez brusquement, l'appareil fit deux ou trois bonds, tout en roulant, puis s'immobilisa. Avarie ? Panne d'essence ? Hilary se le demandait quand le pilote, un jeune homme brun qui devait être un Français, sortit de la cabine avant.

En français, il invita les passagers à sortir de l'avion. Ils se retrouvèrent dehors, un petit groupe frissonnant au vent froid soufflant des montagnes qu'on apercevait au loin. Le pilote les rejoignit.

— Tout le monde est là ? Parfait ! Je crois qu'il faudra que nous attendions un peu. Vous ne m'en voudrez pas. Mais non ! Voilà le camion...

Son doigt montrait, à l'horizon, un petit point noir, qui grandissait.

— Mais pourquoi avons-nous atterri ? demanda Hilary. Que se passe-t-il et allons-nous rester ici longtemps ?

— Si je comprends bien, lui dit le voyageur français, ce qui arrive là-bas, c'est un camion et c'est lui que nous prendrons.

— Nous avons eu une panne de moteur ?

La question de Hilary fit sourire Andy Peters.

— J'en doute, répondit-il. Si j'en crois mes oreilles, il tournait rond. Ce qui ne signifie pas qu'on ne parlera pas de panne de moteur...

Elle le regarda, sans comprendre.

— Il fait frisquet, murmura Mrs. Calvin Baker. C'est ce que ce climat a d'ennuyeux. Dès que le soleil est sur le point de se coucher, la température devient glaciale !

Le pilote jurait entre ses dents et Hilary crut l'entendre pester contre « des retards insupportables ».

Le camion, cependant, arrivait à toute allure. Il s'arrêta près du groupe, dans un grincement de freins. Le conducteur, un Berbère, sauta à terre et entama immédiatement avec le pilote une conversation fort animée. A la grande surprise de Hilary, Mrs. Baker, parlant en français, intervint dans le débat.

— Inutile de perdre du temps ! déclara-t-elle avec autorité. A quoi bon discuter ? Nous ne tenons pas à nous éterniser ici !

Le conducteur haussa les épaules et, retournant à son camion, abattit le panneau arrière. A l'intérieur, il y avait une grande caisse, qu'il déposa à terre, avec l'aide du pilote, de Peters et d'Ericsson. A en juger par leurs efforts, elle était lourde. Comme le Berbère se préparait à faire sauter le couvercle, Mrs. Calvin Baker glissa son bras sous celui de Hilary.

— A votre place, ma chérie, je ne regarderais pas. Ce n'est jamais beau à voir!

Elle entraîna Hilary un peu à l'écart, de l'autre côté du camion. Le Français et Peters les accompagnèrent.

— En fin de compte, demanda le Français, que se passe-t-il au juste?

— Vous êtes le Dr Barron? s'enquit Mrs. Baker.

Le Français en convint d'un mouvement de tête.

— Charmée de vous connaître, dit l'Américaine, lui prenant la main.

On eût dit une maîtresse de maison accueillant un de ses invités à une garden-party. Hilary regardait la scène stupéfaite.

— Mais qu'y a-t-il dans cette caisse et pourquoi vaut-il mieux ne pas regarder?

Elle posait la question à Andy Peters. L'homme lui était sympathique. Il y avait de la franchise dans son regard.

— Le pilote m'a renseigné, répondit-il. La cargaison est assez macabre, mais l'on n'y peut rien.

D'une voix paisible, il ajouta :

— Dans cette caisse, il y a des cadavres.

— Des cadavres!

Hilary pouvait à peine parler.

— Oh! rassurez-vous! reprit-il. Il ne s'agit pas de gens qu'on aurait assassinés! Ces corps ont été obtenus de la façon la plus régulière. Ils ont été livrés à des médecins qui en avaient besoin pour leurs travaux... Des travaux de dissection...

— Je ne comprends pas, murmura Hilary.

— Réfléchissez! reprit Andy Peters. C'est ici que s'achève le voyage...

— Le voyage?

— J'entends celui de l'avion. Les corps seront installés dans l'appareil et le reste concerne le pilote, qui fera le nécessaire, tandis que nous nous éloignerons. De loin, nous ne verrons que les lueurs de l'incendie. Vous saisissez? Un avion s'est abattu en flammes et *il n'y a aucun survivant.*

— Mais c'est fantastique!

— Enfin, chère madame, j'imagine que vous savez où nous nous rendons?

C'était le Dr Barron qui avait parlé.

— Mais bien sûr qu'elle le sait! s'écria Mrs. Calvin Baker

avec bonne humeur. Seulement, les événements la surprennent un peu. Elle ne se croyait pas si près du but!

Hilary se tourna vers l'Américaine :

— Vous voulez dire que... tous...

Elle promena autour d'elle un regard circulaire.

— Mais oui, dit doucement Andy Peters, nous sommes compagnons de route, jusqu'au bout!

En écho, d'une voix que l'enthousiasme faisait vibrer, Ericsson répéta :

— Oui, compagnons de route jusqu'au bout!

CHAPITRE IX

1

Le pilote vint à eux.

— Si vous le voulez bien, dit-il, vous partirez maintenant. Le plus tôt sera le mieux. Il y a encore à faire et nous sommes en retard sur l'horaire.

Hilary s'était écartée du petit groupe. Nerveusement, elle avait porté la main à sa gorge. Son collier de perles, qu'elle tiraillait, cassa. Elle ramassa les perles, les mit dans sa poche et rejoignit les autres.

Ils montèrent tous dans le camion. Hilary se trouva assise sur un banc, entre Peters et Mrs. Baker.

— Ainsi, dit-elle à l'Américaine, c'est vous qui faites fonction d'officier de liaison ?

— C'est exactement ça et, encore que ce ne soit peut-être pas à moi de le dire, je dois avouer que le choix est bon. Personne ne saurait se montrer surpris de voir une Américaine voyager tout le temps !

Hilary l'observait. Mrs. Baker était toujours grasse et souriante, mais plus tout à fait la même. Elle n'était plus une grosse dame futile, bavarde et insignifiante. On devinait en elle une femme d'action, vraisemblablement dépourvue de scrupules.

— Vous savez, poursuivit-elle en riant, que vous allez fournir aux journaux des manchettes magnifiques ? Oui, *vous !* Parce qu'ils vont voir en vous une malheureuse poursuivie par le mauvais sort, blessée à Casa dans un premier accident d'avion et brûlée vive dans un second!

Hilary se rendit compte que le plan avait été adroitement combiné. Baissant la voix, elle demanda à l'Américaine si « les autres » étaient ceux qu'ils prétendent être.

— Mais oui, répondit Mrs. Baker. Le Dr Barron est un bactériologue, je crois. Mr. Ericsson un jeune physicien extrêmement brillant et Mr. Peters un chimiste spécialisé dans la recherche. Évidemment, Miss Needheim n'est pas une religieuse. Elle s'occupe d'endocrinologie. Quant à moi, je ne suis, comme vous l'avez deviné, qu'un simple officier de liaison. Je ne fais pas partie de la troupe scientifique.

Éclatant de rire, elle ajouta :

— Pauvre Miss Hetherington! Elle n'était pas de force!

— Miss Hetherington? Est-ce donc qu'elle...

Mrs. Calvin Baker hocha la tête lentement.

— Puisque vous voulez le savoir, je vous avouerai que vous l'intéressiez terriblement. Succédant à je ne sais qui, car naturellement on vous avait suivie à votre départ d'Angleterre, elle vous avait prise en filature à Casablanca.

— Mais elle a refusé de venir avec nous à Marrakech! Pourtant je l'avais pressée de nous accompagner.

— Elle ne pouvait pas accepter, étant donné qu'elle était déjà allée à Marrakech. Son personnage lui interdisait d'y retourner et elle aura dû se contenter d'envoyer, par télégramme ou par téléphone, des instructions à un de ses collègues pour qu'il se colle à vos pas à partir de l'instant de votre arrivée à Marrakech. Il risque de vous attendre longtemps. Vous ne trouvez pas ça drôle? Vite! Regardez par là!

Hilary tendit le cou pour apercevoir quelque chose par la vitre du camion. Elle vit une grande lueur rougeoyante embrasant le ciel. En même temps, elle entendait, très lointain, le bruit sourd d'une explosion. Andy Peters se retourna.

— L'avion de Marrakech s'écrase au sol. Six morts!

Il riait.

— C'est effrayant! murmura Hilary.

— D'entrer dans l'inconnu? demanda Peters. Je vous l'accorde, mais c'est la seule solution. Nous tournons le dos au Passé et nous allons vers l'Avenir.

D'une voix ardente, il ajouta :

— Il faut en finir avec les vieilleries, les gouvernements

corrompus et les fauteurs de guerre! Nous voulons construire un monde nouveau qui sera propre et net, le monde de la Science!

Hilary prit une profonde inspiration.

— Mon mari disait la même chose, déclara-t-elle d'un ton assuré.

— Votre mari?

Il la regarda.

— Vous seriez la femme de *Tom* Betterton?

Elle répondit d'un signe de tête.

— Ça, alors, s'écria-t-il, c'est épatant! Aux États-Unis, je ne l'ai jamais vu, quoique nous ayons failli bien souvent nous rencontrer. La fission ZE est une des grandes découvertes de l'époque et votre mari, je lui tire mon chapeau. Il avait travaillé avec le vieux Mannheim, n'est-ce pas?

— Oui.

— Il me semble même qu'on m'a dit qu'il avait épousé la fille de Manneheim. Il n'est pas possible que ce soit *vous!*

Hilary avait rougi légèrement.

— Non, dit-elle. Je suis sa seconde femme. La première, Elsa, est morte en Amérique.

— Je me souviens, maintenant. C'est après son veuvage qu'il est allé travailler en Angleterre, pour finalement *leur* jouer la pièce en disparaissant. Il s'est rendu à Paris pour je ne sais quelle conférence et là, hop! il s'est volatilisé!

Il avait achevé la phrase en riant. Redevenant sérieux, il ajouta, avec conviction :

— Question organisation, il faut reconnaître qu'*ils* sont forts.

Hilary en convint. La perfection même de cette organisation lui faisait passer des frissons dans le dos. A quoi pouvaient-elles servir maintenant, les dispositions minutieusement arrêtées avant son départ? A quoi bon codes, mots de passe et signes de reconnaissance, une fois la piste coupée? *On* s'était arrangé pour que tous les passagers de l'avion fussent en route pour cette « destination inconnue », qui fut celle de Thomas Betterton. Les voyageurs avaient, tous, disparu sans laisser de traces. On retrouverait un avion détruit par le feu et quelques cadavres calcinés. Jessop et ses hommes devineraient-ils que Hilary *n'était pas* parmi ces pseudo-victimes d'un accident

« maquillé » ? Elle en doutait. La mise en scène avait été bien faite.

— Ce que j'aimerais savoir, dit soudain Peters, c'est ce qu'il se passera quand nous serons arrivés !

On sentait dans le ton, une sorte d'enthousiasme enfantin. Peters avait l'âme tranquille. Ce qu'il laissait derrière lui ne l'intéressait plus, mais il avait hâte de savoir ce que l'avenir lui réservait.

Hilary partageait sa curiosité mais pour des raisons très différentes.

— C'est vrai ! dit-elle. Qu'allons-nous devenir ?

La question s'adressait à Mrs. Calvin Baker et Hilary avait pris soin de la poser d'une voix très calme.

— Vous le verrez bien ! répondit l'Américaine.

Elle avait parlé très gentiment, mais Hilary ne put s'empêcher de penser que la phrase était lourde de menaces.

Le soleil descendait sur l'horizon. Bientôt, la nuit tomba. Le camion roulait toujours, sur de mauvais chemins qui n'étaient souvent que des pistes. Hilary resta éveillée longtemps. Elle finit par s'endormir d'un sommeil auquel elle fut vingt fois arrachée par des cahots, mais toujours pour peu de temps. Elle était terriblement fatiguée.

2

Peters secoua doucement Hilary par le bras.

— Réveillez-vous ! On dirait que nous sommes arrivés quelque part.

Les membres lourds et engourdis, les voyageurs descendirent. Il faisait nuit. Le camion s'était arrêté devant une maison entourée de palmiers. A quelque distance, on apercevait des lumières. Un village, sans doute. Précédés d'un guide indigène, porteur d'une lanterne, ils entrèrent dans la maison. Deux femmes berbères, très agitées, dévisagèrent avec curiosité Hilary et Mrs. Calvin Baker. La religieuse ne parut pas les intéresser.

Les trois femmes furent conduites au premier étage, dans une petite pièce entièrement nue. Il y avait par terre, trois matelas et un monceau de couvertures.

— Je suis raide comme un bout de bois, déclara Mrs. Baker. Un voyage comme ça, rien de tel pour attraper des crampes !

— Le confort, lança la nonne, est-ce que ça compte ?

Sa voix était rauque et gutturale : son anglais correct mais son accent défectueux.

— Vous êtes tout à fait dans la peau de votre personnage, Miss Needheim, dit l'Américaine : Je vous vois très bien dans un couvent, agenouillée sur les dalles de votre cellule, à quatre heures du matin !

Miss Needheim eut un sourire méprisant.

— La religion, répliqua-t-elle, a ridiculisé les femmes. Elle a glorifié leur faiblesse et elles ont sottement accepté cette humiliation. Les femmes païennes étaient fortes. Elles aimaient commander, dominer. Une satisfaction qui vaut tous les sacrifices. Pour l'obtenir, on peut tout endurer !

Mrs. Baker bâilla.

— Pour le moment, dit-elle, ce qui me plairait, ce serait d'être à Fez, au Palais Jamail, dans mon lit ! Qu'en pensez-vous, Mrs. Betterton ? J'imagine que cette randonnée dans un camion mal suspendu n'a pas arrangé vos maux de tête !

— Certainement pas !

— Nous allons manger un peu et, ensuite, je vous ferai prendre un peu d'aspirine, pour que vous passiez quand même une bonne nuit.

Peu après les deux femmes berbères entraient dans la pièce. Elles apportaient le repas : de la semoule et de la viande bouillie. Elles posèrent leurs plateaux par terre, disparurent un instant et revinrent bientôt, avec une bassine pleine d'eau et une serviette. Palpant l'étoffe du manteau de Hilary, la première échangea quelques mots rapides avec l'autre, qui lui répondit par un flot de paroles et s'en vint toucher à son tour. Mrs. Baker les chassa avec quelques onomatopées et de grands gestes de la main. Elles se retirèrent en riant et en jacassant.

— Elles ne sont pas méchantes, dit Mrs. Baker, mais elles m'agacent. Dans la vie, elles semblent ne s'intéresser qu'aux enfants et aux vêtements.

— Elles ne sont bonnes qu'à ça ! lança Miss Needheim d'un ton vif. Elles appartiennent à une race d'esclaves. Elles sont utiles, parce qu'elles servent leur maîtres, mais c'est tout ?

— Vous ne croyez pas que vous êtes bien dure ? demanda

Hilary, un peu irritée par les airs supérieurs de la prétendue religieuse.

— Je ne fais pas de sentiments, répliqua Miss Needheim. Pour moi, il y a ceux qui commandent, les chefs, qui sont peu nombreux. Et puis les autres, tous les autres, ceux qui sont faits pour servir...

— Pourtant...

Avec autorité, Mrs. Calvin Baker mit fin au débat.

— Chacun de nous a ses idées là-dessus, mais l'heure est mal choisie pour les confronter. Ce que nous avons de mieux à faire, c'est de nous reposer.

Les femmes berbères reparurent. Elles apportaient du thé à la menthe. Hilary avala quelques cachets d'aspirine, sans se faire prier, car sa migraine était parfaitement authentique. Après quoi, les trois voyageuses s'étendirent sur les matelas et ne tardèrent pas à s'endormir.

Elles se réveillèrent tard le lendemain, avec une longue journée devant elles, car on ne devait se remettre en route que vers le soir. De la chambre où elles avaient dormi, un escalier extérieur menait à la terrasse d'où l'on découvrait une bonne partie de la contrée environnante. Le village n'était pas très loin, mais la maison où elles se trouvaient était isolée, au milieu d'une grande palmeraie. Elles virent, près de leur porte, trois paquets de vêtements.

— Nous laissons ici ce que nous portions hier, expliqua Mrs. Baker. Pour la prochaine étape, nous seront des femmes indigènes...

Ce fut sous cette nouvelle apparence qu'elles bavardèrent sur la terrasse, durant une grande partie de la journée.

Miss Needheim était plus jeune que Hilary ne le pensait. Elle ne devait pas avoir plus de trente-trois ou trente-quatre ans. Il y avait en elle quelque chose de net, mais, dans ses prunelles au regard d'acier flambait parfois une flamme inquiétante. Elle parlait avec une certaine brutalité et son attitude laissait clairement entendre qu'elle considérait Mrs Baker et Hilary comme indignes de frayer avec elle. Cette attitude, Mrs. Baker semblait ne pas l'avoir remarquée, mais Hilary la trouvait exaspérante. Il était d'ailleurs évident que l'Allemande se souciait fort peu de ce qu'on pouvait penser d'elle. On devinait chez elle une impatience qu'elle dissimulait mal. Hilary ne l'intéressait pas, Mrs. Baker non plus. Elle avait seulement hâte de continuer son voyage.

Mrs. Calvin Baker posait à Hilary un problème autrement complexe. A côté de cette Allemande quasi inhumaine, Mrs. Baker donnait tout d'abord l'impression d'être une personne très ordinaire et parfaitement normale. Mais, quand le soleil commença à descendre sur l'horizon, Hilary se demandait si Mrs Baker ne lui était pas encore plus antipathique que Helga Needheim. Dans le rôle d'hôtesse, qui était un peu le sien, elle atteignait à une perfection de robot : ses commentaires, ses remarques, étaient ce qu'ils devaient être, et de la plus rassurante banalité. Mais, à la longue, un doute venait à l'esprit. N'était-ce pas là une comédienne, jouant un rôle déjà tenu des centaines de fois peut-être? Une actrice donnant des répliques, qui n'étaient aucunement le reflet de ses pensées ou de ses sentiments vrais? Hilary se posait ces questions, et bien d'autres. Quel était le véritable état civil de Mrs. Calvin Baker? Était-elle comme Helga Needheim, une fanatique? Rêvant d'une société idéale, souhaitait-elle la révolution qui anéantirait le système capitaliste? Est-ce par conviction politique qu'elle renonça à la vie normale pour mener une existence aventureuse? Impossible de répondre, impossible même de deviner.

On se remit en route à la tombée de la nuit, non plus en camion, mais dans un car de tourisme. Tout le monde en costume indigène; les hommes portaient la *djellaba* blanche et les femmes avaient le visage voilé. On roula jusqu'au petit matin.

— Comment vous sentez-vous, Mrs. Betterton?

Hilary sourit à Andy Peters. Le soleil venait de se lever et on s'était arrêté pour le breakfast : des œufs, du pain et du thé, préparés sur un réchaud à pétrole.

— Comme quelqu'un qui aurait l'impression de vivre un rêve, répondit-elle.

— Il y a un peu de cela.

— Où sommes-nous?

Il haussa les épaules.

— Qui pourrait le dire? Mrs. Baker, sans doute, mais je ne vois qu'elle!

— Pratiquement, nous sommes dans le désert.

— C'est voulu.

— Pourquoi ?

— Parce que notre trace doit se perdre. Il faut en convenir, tout a été magistralement organisé. Chaque étape de notre randonnée a été, en fait, indépendante de celle qui l'a précédée. Un avion s'abat en flammes. Un vieux camion roule dans la nuit. Une plaque très apparente signale qu'il appartient à une expédition archéologique qui fait des fouilles dans la région. Le lendemain, il s'agit d'un car de tourisme, rempli de Berbères. On en voit beaucoup par ici. Que sera l'étape de demain et comment la ferons-nous ? Mystère.

— Mais où allons-nous ?

Andy Peters secoua la tête.

— Pourquoi s'interroger ? Nous le verrons bien.

Le Dr Barron les avait rejoints.

— Nous le verrons, dit-il, mais pourquoi ne chercherions-nous pas à le savoir ? Nous sommes des Occidentaux, nous n'avons pas le droit de dire : « Assez pour aujourd'hui ! » Toutes nos pensées doivent être tournées vers demain. Nous devons laisser hier derrière nous et aller vers l'avenir.

— Si je comprends bien, docteur, vous trouvez que le monde n'évolue pas assez vite ?

— Il y a tant à faire et la vie est si brève ! Il faudrait avoir du temps ! Avoir du temps !

Peters se tourna vers Hilary.

— Rappelez-moi donc ces quatre conditions du bonheur, dont on parle dans votre pays. Être délivré du besoin, délivré de la peur...

— Et surtout, dit le Français, délivré des imbéciles ! Pour ma part, c'est tout ce que je demande ! Non pas pour moi, pour mes travaux. Parce que j'ai besoin d'en avoir fini avec les économies de bouts de chandelle, avec toutes les restrictions idiotes qui empêchent les savants de poursuivre leur œuvre !

— Vous êtes un bactériologue, je crois, docteur ?

— Oui. La bactériologie est une science passionnante, à un point que vous ne sauriez soupçonner. Seulement, elle exige une patience infinie, des expériences répétées et *de l'argent*, beaucoup d'argent ! Il faut des laboratoires, des assistants, du matériel. Dès l'instant qu'on vous donne tout ce qu'il vous faut, est-ce que tout ne devient pas possible ?

— Même le bonheur ? risqua Hilary.

L'espace d'un instant, le Dr Barron s'humanisa.

— C'est bien une question de femme, dit-il avec un sourire. Il n'y a que les femmes pour toujours demander le bonheur.

— Et rarement l'obtenir ?

— Possible !

— Le bonheur de l'individu importe peu, déclara Peters. Ce qui compte, c'est le bonheur *de la collectivité*. Ce que nous voulons, c'est une société où les travailleurs, libres et unis, posséderont les moyens de production et se trouveront délivrés des fauteurs de guerre et de tous les personnages insatiables et sordides qui, actuellement, mènent le monde ! Les découvertes de la science appartiennent à l'humanité tout entière et ne doivent pas rester le privilège exclusif d'une puissance ou d'une autre.

— Pleinement d'accord, dit Éricsson. Ce sont les savants qui doivent gouverner le monde. Ce sont des hommes d'une espèce supérieure, et celle-ci seule compte. Les esclaves doivent être bien traités, mais ils ne sauraient être *que des esclaves*.

Hilary s'était écartée du groupe. Peters vint la rejoindre.

— On dirait que vous avez peur ? lui dit-il en riant.

— Ça se pourrait bien ! répondit-elle. Évidemment, le Dr Barron a tout à fait raison : je ne suis qu'une femme. Je ne m'occupe pas de sciences, moi ; je ne suis pas une intellectuelle et, comme là dit le docteur, la seule chose qui m'intéresse, c'est mon bonheur !

— Et alors ? C'est parfaitement normal !

— Oui, peut-être. Seulement, dans la compagnie où je me trouve actuellement, je fais tache. Que voulez-vous ? Je ne suis qu'une femme qui va retrouver son époux...

— Bravo ! Vous représentez quelque chose d'essentiel.

— C'est gentil à vous de dire ça !

— C'est une simple constatation.

— Baissant la voix, il ajouta :

— Vous aimez votre mari ?

— Sans cela, serais-je ici ?

— Probablement pas. Vous partagez ses idées ? Si je suis bien informé, il est communiste ?

Elle esquiva la question.

— A propos de communisme, il n'y a pas quelque chose qui vous a frappé dans notre petit groupe ?

— Quoi donc?

— Vous n'avez pas remarqué que, bien que leur voyage doive les mener tous au même endroit, nos compagnons sont loin d'avoir des pensées communes?

— Je n'y avais pas songé, mais il doit y avoir du vrai dans ce que vous dites.

— Aucun doute, reprit Hilary. La politique, par exemple, n'intéresse pas le Dr Barron. Il n'a qu'une idée en tête : trouver de l'argent pour continuer ses recherches. Helga Needheim parle comme si elle était fasciste, et non communiste. Quant à Ericsson...

— Quant à Ericsson?

— Il m'effraie. Il me fait penser à ces savants fous qu'on voit au cinéma...

— Pour ce qui est de moi, je crois à la fraternité humaine; vous, vous êtes une épouse aimante et fidèle; et Mrs. Calvin Baker... Au fait, comment la cataloguez-vous, celle-là?

— Je n'en sais rien. C'est difficile.

— Ce n'est pas tellement mon avis.

— Que pensez-vous d'elle?

— Que l'argent est son unique souci et qu'elle n'est qu'un rouage bien... huilé de l'organisation.

— Elle me fait peur, elle aussi.

— Vous plaisantez?... Elle n'a rien d'effrayant!

— Justement! Elle est très ordinaire, elle ressemble à tout le monde et à n'importe qui... mais elle est mêlée à toutes ces manigances!

— Le Parti a le sens des réalités, dit gravement Peters. Quand quelqu'un est qualifié pour un poste, il le lui donne!

— Était-elle bien qualifiée, elle qui ne songe qu'à l'argent? Elle peut déserter et passer à l'ennemi.

— Dangereux. Mrs. Calvin Baker n'est pas folle. C'est un risque qu'elle ne prendra pas.

Hilary frissonna.

— Vous avez froid?

— Presque.

— Alors, marchons un peu.

Ils firent quelques pas de long en large. Peters se baissa pour ramasser quelque chose.

— Tenez, dit-il, un peu plus, vous perdiez ça! Elle prit la perle qu'il lui tendait.

— Merci. J'ai cassé mon collier l'autre jour. Je veux dire « hier ». Je commence à ne plus avoir la notion du temps...

— J'espère qu'il ne s'agit pas de vraies perles!

Hilary eut un sourire.

— Bien sûr que non! En fait, il s'agit d'un bijou de théâtre...

Peters tira de sa poche un étui à cigarettes.

— Vous fumez?

— Volontiers. Quel drôle d'étui vous avez!

— Il est en plomb. Un souvenir de guerre. Il a été fait avec un morceau d'une bombe qui a failli me coûter la vie.

— Vous avez fait la guerre?

— Je faisais partie d'une équipe qui avait pour mission de manipuler des choses pour voir si elles finiraient par faire « boum ». Mais ne parlons pas de ça! Pensons à demain!

— Où nous conduit-on? On ne nous dit rien et nous ne savons même pas...

— Les hypothèses ne sont pas recommandées, dit Peters. Vous allez où l'on vous dit et vous faites ce que l'on vous dit, voilà tout!

Hilary s'indigna :

— Vous aimez ça, vous? Recevoir des ordres et ne pas avoir le droit de dire quoi que ce soit.

— J'accepte l'inévitable et cela, c'est l'inévitable. Pour que le monde connaisse la paix, il faut qu'il admette la discipline.

— Vous croyez...

— Je crois qu'il faut en finir avec la boue dans laquelle nous pataugeons. Quoi qu'on nous donne, ce sera mieux que ce que nous avons! Ce n'est pas votre avis?

Elle faillit lui répondre non, lui dire que le monde ne lui paraissait pas si mauvais, que les braves gens y restaient nombreux, que la liberté individuelle a bien son prix et qu'elle préférerait toujours l'humanité, avec ses imperfections et ses tares, à des robots, supérieurement intelligents peut-être mais dépourvus de cœur et fermés à la pitié. Elle s'avisa à temps qu'il valait mieux garder ces idées-là pour elle.

— Vous avez raison, dit-elle. Nous n'avons qu'une chose à faire : obéir et aller où l'on nous mène.

Souriant, il dit simplement :

— Voilà qui est mieux!

CHAPITRE X

Hilary avait maintenant l'impression de voyager « depuis toujours » avec les étranges compagnons que le destin lui donnait.

Ils continuaient à l'inquiéter. Ils étaient cinq, très différents les uns des autres, tous à la poursuite d'un idéal qui absorbait toutes leurs pensées. Le Dr Barron, par exemple, n'avait qu'une ambition : se retrouver de nouveau dans un laboratoire où il pourrait reprendre ses recherches, avec des ressources illimitées. Qu'espérait-il découvrir ? Elle n'était pas bien sûre qu'il le sût. Un jour, il lui avait parlé d'une bombe, pas plus grosse qu'un flacon de parfum, dont la puissance destructrice serait telle qu'elle suffirait à anéantir un continent.

— Mais, lui avait-elle demandé, cette bombe, vous pourriez la fabriquer vraiment ?

Il l'avait regardée, un peu surpris.

— Certainement, avait-il répondu. Si c'était nécessaire...

Et, sans passion, il avait ajouté :

— Il serait extrêmement intéressant de voir comment les choses se passeraient. Nous avons encore tant à apprendre !

Hilary n'avait pas insisté. Si inhumain que fût le point de vue du savant, elle le comprenait et reconnaissait même qu'il ne manquait pas d'une certaine grandeur. Pour Barron, le sacrifice de quelques millions de vies humaines n'avait pas autrement d'importance. La science seule comptait.

L'attitude hautaine de Helga Needheim éloignait Hilary de la jeune femme. Elle se sentait plus à l'aise avec Peters, qui ne lui déplaisait pas, malgré la flamme inquiétante qui, parfois, s'allumait dans ses prunelles.

— Vous ne tenez pas tellement à construire un monde nouveau, lui avait-elle dit un jour. Mais vous éprouveriez une joie intense à détruire celui qui existe!

Il lui avait répondu qu'elle se trompait.

— Du tout! avait-elle répliqué. Il y a de la haine en vous. Cela se sent. Vous aimez détruire!

Ericsson, lui, l'intriguait. Elle voyait en lui un rêveur, animé par un curieux fanatisme.

— Il nous faut d'abord conquérir le monde, répétait-il volontiers. Ensuite, nous lui imposerons notre loi.

Elle lui demanda un jour qui ce « nous » représentait.

— Quelques cerveaux, avait-il répondu. Le reste est inexistant.

Hilary considérait tous ses compagnons comme atteints d'une sorte de folie qui les conduisait vers des mirages, différents pour chacun d'eux. Exception faite pour Mrs. Baker, en qui elle ne voyait ni fanatisme, ni haine, ni idéal; mais une femme sans cœur, sans conscience, devenue l'agent efficace et dévoué d'une grande force inconnue.

Au soir du troisième jour, les voyageurs arrivèrent dans un petit bourg et passèrent la nuit dans une auberge indigène. Hilary apprit de la bouche de Mrs. Baker que, le lendemain, tous reprendraient leurs vêtements européens. Au matin, l'Américaine vint l'éveiller.

— Dépêchez-vous! Nous partons. L'avion attend.

— L'avion?

— Mais oui. Nous revenons enfin, Dieu merci, aux modes de transport des gens civilisés!

On trouva l'avion à une heure du bourg, un appareil qui avait dû appartenir à l'armée et le pilote était un Français. On survola une chaîne de montagnes, puis une région que Hilary eût été bien en peine d'identifier. On voyagea ensuite au-dessus des nuages. Au début de l'après-midi, on atterrissait. Le terrain semblait être un aérodrome. Il y avait un vaste bâtiment tout blanc, vers lequel on se dirigea. Deux automobiles attendaient, chacune avec son chauffeur. Il n'y avait aucun fonctionnaire en vue et Hilary en conclut qu'il s'agissait d'un aérodrome privé.

— Notre voyage touche à sa fin, déclara Mrs. Baker d'une voix joyeuse. Nous faisons un brin de toilette, puis en voiture!

Hilary ne cacha pas sa surprise.

— Mais nous n'avons pas passé la mer?

L'étonnement de la jeune femme parut amuser l'Américaine.

— Où vous imaginiez-vous donc que nous allions?

— Je ne sais pas trop, mais il me semblait...

Hilary, rouge de confusion, n'en dit pas plus.

— Vous n'êtes pas la première à vous faire de ces illusions, reprit Mrs. Baker avec bonne humeur. On dit bien des sottises à propos du « rideau de fer ». Comme s'il ne pouvait être n'importe où! C'est l'évidence même, mais on n'y pense pas.

Reçus par deux serviteurs arabes, les voyageurs firent leur toilette, puis prirent une légère collation : du café, des sandwiches, des biscuits.

Mrs. Baker consulta sa montre.

— Là-dessus, annonça-t-elle, je vous quitte!

— Vous retournez au Maroc? demanda Hilary, un peu étonnée.

L'Américaine sourit.

— Vous oubliez, ma chère, que j'ai péri carbonisée dans un accident d'avion. Non, je vais ailleurs.

— Mais, où que vous alliez, vous risquez d'être reconnue par des gens rencontrés à Casa, à Fez ou ailleurs!

— Ils se tromperaient, voilà tout! répondit Mrs. Baker. Mon passeport le leur prouvera, si besoin est. Il leur démontrera que c'est ma sœur, une Mrs. Calvin Baker, à laquelle je ressemblais beaucoup, qui est morte dans l'accident en question. D'ailleurs, pour les gens que l'on rencontre dans les hôtels, il n'y a rien qui ressemble plus à une Américaine en voyage qu'une autre Américaine en voyage.

Hilary dut s'avouer que Mrs. Baker avait raison. Le personnage de Mrs. Baker était admirablement composé. Son signalement eût convenu à quantité de ses compatriotes. On cherchait vainement en elle quelque chose qui donnât une indication sur sa véritable personnalité. Qui était-elle vraiment? Impossible de le deviner. Comme les deux femmes se tenaient un peu à l'écart des autres voyageurs, Hilary ne put s'empêcher de faire remarquer à l'Américaine qu'elle ne connaissait rien d'elle.

— Qu'est-ce que ça fait? demanda Mrs. Baker.

— Rien, bien sûr, mais c'est drôle! Nous avons voyagé côte à côte et je ne sais rien de vous. Rien de ce que vous pensez, rien de ce que vous aimez ou n'aimez pas, rien de ce qui vous intéresse... Enfin, rien!

Mrs. Baker sourit.

— Vous aimez comprendre, dit-elle. A votre place, c'est une tendance que je ne cultiverais pas.

— Songez que je ne sais même pas de quelle région des États-Unis vous êtes!

— Quelle importance cela a-t-il? D'autant plus que j'ai renoncé à mon pays et que j'ai d'excellentes raisons de n'y pas retourner. J'ai un compte à régler avec lui et je serais toujours ravie de lui nuire.

Le visage de l'Américaine prit une expression haineuse et la voix s'était faite âpre et dure. Elle retrouva son amabilité ordinaire pour adresser à Hilary un dernier au revoir.

— Et dire, murmura la jeune Anglaise, que je ne sais même pas où je suis!

— Sur ce point-là, dit Mrs. Baker, il n'y a plus rien à vous cacher. Vous êtes dans un coin perdu du Haut Atlas. Comme précision, c'est suffisant...

Mrs. Baker alla prendre congé des autres voyageurs, puis, après les avoir une dernière fois salués joyeusement de la main, elle sortit. Hilary sentit au cœur comme un petit pincement. Le moment ne tarderait plus où elle serait définitivement coupée du monde. Debout à côté d'elle, Peters sembla deviner ce qu'elle éprouvait.

— Le voyage sans retour, dit-il à mi-voix, c'est le nôtre!

— Vous regrettez? demanda le Dr Barron, s'adressant, lui aussi, à Hilary. Vous sentez-vous assez forte pour continuer, madame, ou avez-vous envie de courir derrière votre amie américaine, pour prendre l'avion avec elle et rallier ce monde que vous avez quitté?

— Si je le voulais, serait-ce encore possible?

Le Français haussa les épaules.

— Je me le demande.

— Vous voulez que je la rappelle?

C'était Andy Peters qui posait la question.

— Bien sûr que non! répondit Hilary d'un ton sec.

— Nous n'avons que faire de femmelettes! déclara dédaigneusement Helga Needheim.

— Ce n'est pas parce qu'on s'interroge qu'on est une

femmelette, répliqua le Dr Barron sans hausser la voix. Réfléchir est le fait de toute femme intelligente.

Il avait appuyé sur le dernier mot, mais Helga savait ce qu'elle valait et elle méprisait les Français. L'insinuation ne pouvait la toucher.

— Quand on a enfin trouvé la liberté, dit Ericsson, est-il possible qu'on envisage de retourner en arrière?

— Si l'on ne peut pas retourner en arrière, si l'on n'a pas le droit de choisir, peut-on parler de liberté?

La question de Hilary resta sans réponse. Un serviteur arabe vint prévenir les voyageurs que l'heure du départ était arrivée. Ils s'installèrent dans les Cadillac. Hilary, en cours de route, échangea quelques mots avec le chauffeur auprès duquel elle était assise. C'était un Français, heureux de parler avec quelqu'un qui s'exprimait assez bien dans sa langue.

— C'est encore loin? finit-elle par lui demander.

— L'hôpital? répondit-il. Non. Deux heures de route, pas plus.

« L'hôpital? » Le mot surprit Hilary de façon assez désagréable. Elle avait bien remarqué que Helga Needheim s'était habillée en infirmière, mais elle n'avait tiré, de ce menu fait, aucune conclusion.

— Parlez-moi de l'hôpital! dit-elle.

— Une merveille, madame! L'équipement le plus moderne du monde. Il vient des médecins de partout et ils repartent enthousiasmés par ce qu'ils ont vu! Ce qu'on fait là pour l'humanité, madame, c'est tout simplement prodigieux!

— Vraiment?

— Pensez que ces pauvres gens, autrefois, on les envoyait mourir dans une île! Nous, avec le nouveau traitement du Dr Kohni, nous les sauvons presque tous. Même quand la maladie est très avancée...

— Mais, installer un hôpital en plein désert...

— Il n'était guère possible de faire autrement. Ailleurs on nous eût refusé les autorisations. Du reste, ici, l'air est excellent.

La route avait quitté la plaine pour escalader les premiers contreforts d'une chaîne de montagnes. Du doigt, le chauffeur montra à Hilary un immense bâtiment tout blanc, adossé à une colline.

— Voilà l'hôpital! dit-il. Une telle construction dans un

endroit comme celui-ci, vous vous rendez compte de ce que ça représente ? Heureusement que les grands philanthropes ne sont pas aussi regardants que les gouvernements! Il fallait des millions et des millions! On les a dépensés sans chipoter. Le patron, bien sûr, est un des hommes les plus riches du monde, mais il peut se vanter d'avoir fait quelque chose pour l'humanité!

L'auto roula encore quelques instants, puis s'immobilisa devant une énorme porte de fer.

— Vous descendez ici, madame, dit le chauffeur. La voiture ne va pas plus loin. Le garage est à un kilomètre d'ici.

Tous les voyageurs descendirent. Les portes déjà, s'ouvraient lentement. Un Noir, vêtu d'une longue robe blanche, s'inclina devant les arrivants et, avec un sourire les invita à entrer. Ils obéirent. La grille franchie, Hilary tourna la tête à droite. Elle aperçut, derrière une barrière de fil de fer barbelé, une vaste cour dans laquelle des hommes allaient et venaient. Elle vit quelques visages et elle pâlit, horrifiée.

Ces hommes étaient *des lépreux!*

CHAPITRE XI

Les grilles de la léproserie se fermèrent derrière les voyageurs, avec un bruit de métal. Hilary frissonna et un vers de Dante lui revint à la mémoire :

Abandonnez toute espérance, vous qui entrez!

Maintenant, tout était fini; la retraite coupée. Elle était seule, entourée d'ennemis et, dans quelques minutes, elle serait démasquée et vaincue. Qu'il ne pût en aller autrement, elle se rendait compte qu'au fond d'elle-même depuis longtemps déjà elle en était convaincue et que seul l'incurable optimisme inhérent à la nature humaine l'avait empêchée de se l'avouer plus tôt. Peut-on jamais croire que le moment approche où l'on cessera d'exister? A Casablanca, elle avait dit à Jessop : « Et que se passera-t-il, quand je serai face à face avec Tom Betterton? » Il lui répondit que c'était à ce moment-là que la situation deviendrait critique. Il ajouta qu'il espérait être en mesure d'assurer sa protection, mais elle avait nettement l'impression qu'il n'avait rien pu faire. Si « Miss Hetherington » était l'agent sur lequel il avait compté, celle-ci s'était laissée manœuvrer et avait dû comprendre, à Marrakech, qu'elle avait échoué dans sa mission. Au surplus, qu'aurait-elle pu, Miss Hetherington?

Hilary était au bout du voyage, ayant joué avec la mort et perdu. Et il lui fallait reconnaître que Jessop avait deviné juste : elle ne se sentait plus la moindre envie de mourir. Elle voulait vivre. Elle pensait toujours avec la même tristesse à Nigel et à la tombe de Brenda, mais n'éprouvait plus ce sombre désespoir qui la poussait au suicide. « Je revis, se répétait-elle, et je suis comme une souris enfermée dans une ratière. Si seulement je pouvais trouver un moyen d'en sortir! »

Mais ce moyen, il n'existait pas, et elle avait trop réfléchi au problème pour ne pas le savoir. Quand elle aurait vu Betterton, tout serait terminé. Il la regarderait, et dirait : « Mais ce n'est pas ma femme! » et il n'en faudrait pas plus. Des yeux se tourneraient vers elle. On comprendrait qu'elle était une espionne... et la suite allait de soi.

Existait-il un autre dénouement? Peut-être... Elle pouvait devancer Betterton, ne pas lui laisser le temps de placer un mot et, dès qu'elle l'apercevrait, s'écrier : « Qui êtes-vous? *Vous n'êtes pas mon mari!* » Il faudrait feindre habilement, jouer la surprise, l'indignation, mais la comédie pouvait réussir. Un doute s'élèverait. On se demanderait si Betterton était bien Betterton ou quelque autre savant qui se faisait passer pour lui. Un espion, donc. Les conséquences seraient peut-être sévères pour Betterton. Mais qu'importait, si l'homme était un traître, prêt à livrer les secrets de son pays? Seulement, était-il un traître? On pouvait le supposer, rien ne permettait de l'affirmer...

Toutes ces pensées, Hilary les roulait dans sa tête, tout en suivant ses compagnes de voyage. Un personnage de haute taille, d'allure distinguée, leur souhaitait maintenant la bienvenue. Un linguiste, sans doute, car il s'adressait à chacun dans sa langue. Après avoir serré la main du Dr Barron, il se tourna vers Hilary :

— Je suis heureux, Mrs. Betterton, de vous voir parmi nous. Votre mari est en excellente santé et j'ai à peine besoin de dire qu'il vous attend avec impatience.

Avec un sourire, il ajouta :

— J'imagine que, de votre côté, vous avez hâte de le retrouver.

Hilary sentait ses tempes bourdonner. Ses yeux se brouillaient et elle crut qu'elle allait se trouver mal. Andy Peters, qui était près d'elle, lui prit le bras pour la soutenir.

— Mrs. Betterton, expliqua-t-il, a eu un terrible accident d'avion à Casablanca, le voyage l'a fatiguée... et je crois que ce qui lui ferait du bien en ce moment, ce serait de s'étendre dans l'obscurité...

Peters avait parlé d'une voix très douce. Hilary ferma les

paupières. La tentation était grande de se laisser aller. Aucun effort à faire. S'abandonner simplement. Tomber à genoux, simuler un évanouissement. On la transporterait dans une pièce aux volets clos. Elle aurait gagné quelques instants de répit. Bien peu, d'ailleurs. Betterton, prévenu, accourrait à son chevet, il se pencherait sur elle et, tout de suite, malgré la pénombre, se rendrait compte qu'elle n'était pas sa femme...

Hilary se raidit et rouvrit les yeux. Le courage lui revenait et elle releva le menton. Vaincue, elle se battrait jusqu'au bout! Quand Betterton l'accuserait d'imposture, elle irait à lui crânement et, d'une voix assurée, elle essaierait d'un dernier mensonge. « Bien sûr que je ne suis pas Olive Betterton! lui dirait-elle. Je suis désolée d'avoir à vous l'apprendre, mais votre malheureuse femme est morte, des suites d'un épouvantable accident. J'étais près d'elle quand elle a rendu le dernier soupir et je lui ai promis de venir jusqu'à vous pour vous apporter le message qu'elle m'a laissé pour vous. Je suis de cœur avec vous, vous comprenez? Vos idées politiques sont les miennes. Je veux servir, moi aussi... »

Tout cela n'était pas très solide et il y aurait des détails bien difficiles à expliquer, comme le faux passeport, par exemple. Mais les mensonges les plus audacieux peuvent réussir, si on les fait avec assurance, avec l'accent de la sincérité.

Hilary voulait tomber en combattant. Elle parla d'une voix ferme :

— Non, dit-elle. Ce que je veux, c'est voir Tom. Tout de suite, si c'est possible.

Le personnage qui recevait les voyageurs accueillait cette déclaration avec sympathie.

— Je comprends vos sentiments, madame. Ah! voici Miss Jennson...

Une jeune femme à lunettes venait d'entrer dans la pièce.

— Miss Jennson, poursuivit-il, je vous présente Mrs. Betterton, Fräulein Needheim, le Dr Barron, Mr. Peters et le Dr Ericsson. Conduisez-les au Fichier, voulez-vous? Je vous y rejoindrai dans un instant. Le temps de mener Mrs. Betterton auprès de son mari et je vous retrouve.

Il se tourna vers Hilary.

— Si vous voulez venir avec moi, madame...

Elle le suivit. Au moment de quitter la pièce, elle jeta un regard derrière elle. Ses yeux rencontrèrent ceux de Peters. Il semblait inquiet et elle eut très fugitivement l'impression qu'il avait dû deviner que « quelque chose n'allait pas » et qu'il s'interrogeait sur ce que cela pouvait être. Elle pensa qu'elle ne le reverrait sans doute jamais. Elle adressa un petit signe d'adieu à tout le monde et elle sortit.

Tout en marchant, son guide lui parlait, avec manifestement la volonté de se montrer aimable.

— Par ici, madame. Tous ces couloirs se ressemblent. Au début, on s'y perd, vous verrez!

Elle se força à sourire.

— Je ne m'attendais pas à débarquer dans un hôpital!

— Comment auriez-vous deviné?

Il ajouta :

— Je m'appelle Van Heidem... Paul Van Heidem.

Hilary suivait sa pensée.

— Ces lépreux...

Il ricana :

— Pittoresque, n'est-ce pas?... Et inattendu! Quand on arrive, cela surprend. Mais on s'habitue. Pour ma part, je trouve la plaisanterie excellente.

Ils étaient au pied d'un escalier.

— Reprenez votre souffle, Mrs. Betterton! Un étage et nous y sommes!

En montant, Hilary, machinalement, compta les marches. Chacun de ses pas la rapprochait de la mort.

Van Heidem s'était arrêté devant une porte. Il frappa, attendit quelques secondes, puis, poussant le battant, il annonça :

— Betterton, je vous amène votre femme!

Il s'effaça pour laisser passer Hilary. Elle avança, la tête haute, résolument.

Un homme, blond et mince, était debout devant la fenêtre. Elle le voyait à contre-jour, mais assez distinctement pourtant pour reconnaître qu'il était fort beau et ne ressemblait pas au Tom Betterton dont on lui avait montré la photographie. Sous le coup de la surprise, elle décida de jouer la petite comédie à laquelle, elle avait songé. Elle prit son élan pour courir à lui et, après deux pas, s'immobilisa net, s'écriant :

— Mais ce n'est pas Tom!... Qu'est-ce que ça signifie?

Du regard, elle interrogeait Van Heidem. Elle n'était pas

mécontente d'elle-même : le ton était juste, l'attitude d'un parfait naturel.

Brusquement, elle se retourna : Betterton éclatait de rire.

— Qu'est-ce que vous en dites, Van Heidem? Pas mal, n'est-ce pas? Ma femme ne me reconnaît pas!

Elle n'était pas revenue de sa stupeur, que déjà il la serrait dans ses bras.

— Olive, ma chérie!... Rassure-toi! Je n'ai plus tout à fait la même figure, mais *je suis bien moi!* Embrasse-moi!

Il ajouta, dans un souffle :

— *Pour l'amour de Dieu, dites comme moi! Je joue ma peau!*

Hilary sentait ses lèvres tout près de son oreille.

Il relâcha son étreinte, puis l'enlaça de nouveau.

— Chérie!... Il y a si longtemps!

Il la tint embrassée un long moment, puis, l'écartant de lui et la contemplant, les yeux dans les yeux, les deux mains posées sur ses épaules, il dit, avec un petit rire étrange :

— Je n'arrive pas à y croire! Tout de même, maintenant, tu me reconnais?

Il y avait, dans son regard, comme une prière.

Hilary ne comprenait rien à ce qu'il se passait, mais, puisqu'un miracle semblait devoir la sauver, sa conduite était tracée.

— Tom! murmura-t-elle d'une voix étranglée par une émotion qu'elle n'avait pas à feindre. Mon Tom!... Mais m'expliqueras-tu...

— Chirurgie esthétique, mon amour! Herz, de Vienne, est ici. Il est merveilleux. Ne me dis pas que tu regrettes mon nez de pugiliste!

Il lui donna deux rapides baisers encore, puis, se tournant vers Van Heidem, il s'excusa :

— Pardonnez-nous, Van! Ces effusions...

Le Hollandais sourit.

— Elles sont bien naturelles!

Hilary se passa le dos de la main sur le front. Elle chancelait.

— Mes jambes ne veulent plus me porter!

Betterton s'empressa de lui avancer une chaise.

— Tu es rompue, ma pauvre chérie, et il y a de quoi! Un voyage pareil, après un accident d'avion... Tu l'as échappé belle! Quand j'y songe...

Ainsi, Betterton était au courant. Les nouvelles parvenaient jusqu'ici.

— Il m'a laissé des migraines terribles, dit Hilary. J'oublie des choses, je confonds tout.

Discrètement, Van Heidem se retirait.

— Vous m'excuserez, voulez-vous ? Tout à l'heure, Betterton, vous conduirez votre femme au bureau ! J'imagine que, pour l'instant, vous ne serez pas fâchés de rester un peu seuls...

Il sortit, fermant la porte derrière lui. Betterton se laissa tomber à genoux et enfouit son visage dans l'épaule de la jeune femme.

— Ma chérie...

Sa main pressait celle de Hilary.

— Jouez la comédie ! murmura-t-il. Il y a peut-être un microphone. On ne sait jamais !

L'avertissement ne la surprit pas. Il poursuivait, à mi-voix :

— C'est tellement bon de te revoir ! J'ai l'impression de vivre un rêve. Tu es heureuse d'être ici ?

— Tu oses le demander ?

Elle lui souriait. Elle se sentait très calme, en présence de cet homme tenaillé par une peur qu'il semblait ne pouvoir dominer. Il était évident qu'il n'en pouvait plus. Une loque ? Pas tout à fait, mais un vaincu. Pour elle, tout heureuse d'avoir franchi avec bonheur un cap difficile, elle était plus que jamais résolue à rester Olive Betterton. Elle *était* Olive Betterton, elle devait se comporter comme Olive l'eût fait. Hilary Craven avait trouvé la mort dans un accident d'avion...

Elle fit appel à tous les « souvenirs » qu'elle avait appris à Casablanca.

— Fairbanks, dit-elle, ça semble si loin ! Tu te souviens de Whiskers ? Elle a eu des chatons, juste après ton départ. Ah ! j'en aurai des choses à te dire. Elles sont sans importance, mais que tu ne les saches pas, ça me paraît si drôle...

— Que veux-tu ?... Nous avons rompu avec une existence pour en commencer une autre !

— Et... tu es content ? Tout va bien ?

Question normale. Logiquement, une épouse devait la poser. Le visage de Tom s'éclaira d'un sourire de commande. Il affichait une joie rayonnante, démente par la tristesse inquiète de son regard.

— C'est simplement merveilleux ! On a toutes les facilités,

rien n'est trop cher et on travaille dans des conditions idéales. Quant à l'organisation, c'est la perfection même.

— Je n'en doute pas. Comment es-tu venu? Est-ce que ton voyage et le mien...

— Ça, mon amour, nous n'en parlerons pas! Je ne dis pas ça pour te vexer et il ne faut pas m'en vouloir. Seulement, tu comprends, tu as bien des choses à apprendre!

— Mais il y a vraiment ici une colonie de lépreux?

— Bien sûr! Avec une équipe de médecins qui fait de l'excellent travail. D'ailleurs, rassure-toi, tu n'as rien à craindre! La léproserie est tout à fait à part. Elle n'est, en somme, qu'un habile camouflage...

— Compris.

Hilary jeta autour d'elle un regard circulaire.

— C'est... notre appartement? demanda-t-elle.

— Oui. Cette grande pièce, une salle de bains, là-bas, et derrière, la chambre à coucher. Viens, je vais te montrer ça!

La salle de bains était fort bien installée. Dans la chambre à coucher, assez vaste, il y avait deux lits jumeaux, une table, des rayons pour les livres et dans le mur, deux grands placards. Hilary en ouvrit un.

— Je n'aurai pas grand-chose à mettre là-dedans, fit-elle remarquer. Tout ce que j'ai sur le dos!

— Sois tranquille, tu trouveras ici tout ce que tu voudras! Des robes, des crèmes de beauté, des parfums, tout ce que tu peux souhaiter! Nous avons tout sur place. On n'a jamais besoin de sortir!

Il y avait dans le ton une bonne humeur affectée. Hilary était trop fine pour ne pas comprendre : jamais besoin de sortir. Et pas non plus la moindre chance de sortir. *Abandonnez toute espérance, vous qui entrez!* Une cage confortable, mais une cage! C'était donc pour cela qu'ils avaient, tous, tout abandonné! Tous, le Dr Barron comme Andy Peters, et la hautaine Helga Needheim comme le doux Ericsson! En venant ici, savaient-ils, eux, ce qu'ils y trouveraient? Et cette cage, était-ce ce qu'ils avaient voulu? Des questions lui venaient aux lèvres, qu'elle se garda de poser. Quelqu'un, peut-être, les écoutait. Personnellement, elle en doutait, mais Betterton semblait sûr du contraire. Mais était-il encore maître de ses nerfs? Il n'en donnait pas l'impression. Cette vie étrange devait l'avoir brisé. « Dans six mois, songea-t-elle avec chagrin, peut-être serai-je comme lui... »

Une question de Tom l'arracha à ses réflexions.

— Veux-tu t'étendre un peu ?

Elle hésita, avant de répondre non.

— Alors, reprit-il, nous ferions peut-être bien d'aller au Fichier ?

— Le Fichier ?

— C'est le service qui centralise tous les renseignements concernant ceux qui vivent ici. Tout est noté ! Leur état de santé leur tension, leur groupe sanguin, leurs goûts, leurs dégoûts, leurs aptitudes, leurs préférences, etc.

— Très militaire... ou dirais-je médical ?

— Les deux !... Comme organisation, c'est formidable !

— Oui, dit Hilary. De l'autre côté du « rideau de fer », on a le génie de l'organisation !

Elle s'était appliquée à faire cette déclaration sur le ton d'enthousiasme convenable. Après tout, Olive Betterton, sans être inscrite au parti, était probablement communiste de cœur.

— Tu découvriras bien des choses, dit Tom. N'essaie pas de tout comprendre d'un seul coup !

Il lui donna un baiser, très tendre en apparence, mais en réalité d'une froideur glaciale.

CHAPITRE XII

Au Fichier, la femme qui dirigeait les opérations ressemblait à une gouvernante, digne et austère. Elle portait un lorgnon qui ajoutait à son apparence revêche et son chignon était d'un ridicule incontestable.

Elle hocha la tête avec satisfaction quand les Betterton entrèrent dans la pièce.

— Vous m'amenez Mrs. Betterton, docteur? Je vous attendais.

Son anglais était correct, mais articulé avec une précision mécanique qui révélait que ce n'était pas là sa langue maternelle. En fait, elle était de nationalité helvétique. Elle fit asseoir Hilary, prit une grande fiche dans un tiroir de son bureau et se mit à écrire.

Tom Betterton ne savait que faire.

— Ma petite Olive, dit-il enfin, je te laisse!

La femme leva la tête.

— C'est préférable, docteur. Nous allons en finir tout de suite avec toutes les formalités...

Betterton parti, elle écrivit encore quelques instants, puis, d'une voix impersonnelle, elle commença un interminable interrogatoire :

— Nom et prénoms?... Date et lieu de naissance?... Nom des parents?... Maladies graves?... Titres universitaires?... Emplois successifs?... Goûts?... Distractions favorites?...

Le questionnaire n'en finissait pas et Hilary se félicitait d'avoir été, à Casablanca, sévèrement entraînée par Jessop. Les réponses lui venaient presque automatiquement, sans qu'elle eût besoin de réfléchir.

— J'en ai terminé, dit la femme, après une dernière question. Je vais vous conduire au Dr Schwartz, pour l'examen médical...

— Vous croyez que c'est nécessaire ?

— Indispensable. Nous faisons les choses sérieusement et il faut que rien ne manque à votre dossier. Je suis, d'ailleurs, sûre que le Dr Schwartz vous sera très sympathique. Vous verrez ensuite le Dr Rubec...

Le Dr Schwartz était une jolie blonde, fort aimable, qui s'acquitta de sa mission avec conscience.

— Maintenant, dit-elle ensuite, je vais vous mener chez le Dr Rubec.

— Encore un médecin ?

— Un psychiatre.

— Un psychiatre ? J'ai horreur des psychiatres !

— Ne vous énervez pas, Mrs. Betterton ! Il ne s'agit pas de vous traiter, il s'agit seulement d'apprécier vos qualités intellectuelles et de déterminer votre groupe psychique.

Le Dr Rubec était un Suisse d'une quarantaine d'années, de haute taille et d'aspect mélancolique. Il salua Hilary avec courtoisie, jeta un coup d'œil sur la fiche que le Dr Schwartz lui avait remise et dit :

— Je suis heureux de voir que vous êtes en excellente santé. Vous avez eu un accident récemment, je crois ?

— Oui, à Casablanca. Je suis restée quatre ou cinq jours à l'hôpital.

— Quatre ou cinq jours, ce n'est pas assez. On vous a laissée sortir trop tôt.

— J'avais hâte de continuer mon voyage.

— Je le comprends fort bien, mais, après un ébranlement nerveux, il faut du repos, beaucoup de repos. On se croit en parfaite santé et il n'en est rien. C'est ainsi que vos réflexes, je le constate, ne sont pas tout à fait ce qu'ils devraient être. Le voyage y est pour quelque chose, je le veux bien, mais il n'y a pas que cela. Vous avez des maux de tête ?

— Oui, des migraines terribles. Avec, parfois, des trous de mémoire...

Le psychiatre approuva du chef.

— Il n'y a pas là de quoi vous inquiéter. Ça passera. Maintenant, si vous le voulez bien, nous allons procéder à quelques tests, basés sur les associations d'idées. Ils me permettront de vous classer psychiquement.

Hilary se résigna. Les tests, d'ailleurs, étaient simples et tout se passa fort bien. Le Dr Rubec, qui n'avait pas cessé de prendre des notes, posa son stylo.

— C'est un plaisir, chère madame, d'avoir affaire à quelqu'un comme vous, je veux dire — pardonnez-moi et ne prenez pas ça en mauvaise part — à quelqu'un qui n'a rien d'un génie!

Hilary ne put s'empêcher de rire.

— Oh! ça, je ne suis pas un génie!

— Et c'est fort heureux pour vous, madame! Vous, au moins, vous pouvez vivre dans la paix et la tranquillité.

Il poussa un soupir et poursuivit.

— Ici, j'imagine que vous vous en êtes aperçue, on ne rencontre guère que des individus supérieurement intelligents mais qui, tous, manquent d'équilibre et plus encore de sérénité. L'homme de science calme, flegmatique, pondéré, n'existe que dans les romans. Dans la vie, sous le rapport de l'hypersensibilité, il n'y a pratiquement pas de différence entre un joueur de tennis de classe internationale, une grande *prima donna* et un spécialiste de la physique nucléaire. Nous le constatons tous les jours, à l'occasion de querelles de toutes sortes dont il nous faut bien nous mêler. Jalousies, *susceptibilités,* rien n'y manque! Heureusement pour vous, vous ferez partie ici d'une petite minorité, à mon avis, très favorisée.

— Et laquelle?

— Celle des épouses. Elles ne sont pas nombreuses, mais par bonheur, elles n'ont pas de génie.

— Et que font-elles, ici?

— Les distractions ne leur font pas défaut, vous verrez! J'espère que vous vous plairez ici.

— Vous vous y plaisez, vous?

La question était audacieuse et, une seconde, Hilary se demanda si elle ne venait pas de commettre une imprudence. Mais le Dr Rubec, amusé, se contenta de sourire.

— Certainement, dit-il. Je mène ici une existence paisible, et intéressante à l'extrême.

— Il ne vous arrive pas de regretter... la Suisse?

— Non. Il est vrai que mon cas est un peu particulier. J'étais marié, j'avais des enfants, mais je n'étais pas fait pour la vie de famille. Je me trouve mieux ici, où je suis fort bien placé pour faire sur l'âme humaine certaines recherches qui m'intéressent, en vue d'un livre que je suis en train d'écrire. J'échappe aux soucis domestiques, aux distractions, et aux importuns. Tout ça m'arrange admirablement.

Il se leva. Hilary l'imita.

— Et maintenant, à qui me livrez-vous ?

— A Mlle Laroche, qui s'occupe ici du département « Vêtements ». Elle vous plaira, j'en suis persuadé.

Mlle Laroche fut, pour Hilary, une heureuse surprise. Elle avait travaillé comme vendeuse à Paris, dans une grande maison de couture, et elle était femme jusqu'au bout des ongles.

— Je suis heureuse de faire votre connaissance, dit-elle à Hilary, et j'espère que vous serez contente de moi. Comme le voyage vous a sans doute fatiguée, nous ne nous occuperons aujourd'hui, si vous le voulez bien, que de l'indispensable et nous verrons pour le reste demain et les jours suivants. Je trouve qu'on se décide toujours trop vite. A mon avis, pour bien goûter le plaisir de s'habiller, il faut prendre son temps. Pour aujourd'hui, donc, je ne vous proposerai qu'un peu de lingerie, une robe pour le dîner et, peut-être, un tailleur.

Hilary était ravie.

— Vous ne pouvez savoir, s'écria-t-elle, avec quelle joie je vous écoute ! Vous n'imaginez pas ce que ça peut-être gênant de se dire qu'on ne possède, en tout et pour tout, qu'une brosse à dents et un gant de toilette !

Mlle Laroche rit de bon cœur, puis, après avoir pris quelques mesures rapides, elle conduisit Hilary dans une vaste pièce, pourvue de grands placards, contenant des vêtements de tous genres et de toutes tailles, tous d'excellente qualité. Hilary fit son choix, puis passa au département de la parfumerie, où une Noire, vêtue d'une blouse d'une blancheur immaculée, lui remit tout ce qu'elle pouvait désirer en fait de poudres, de crèmes, de lotions et d'accessoires de toilette.

— Tout cela, madame, sera porté à votre appartement...

Hilary croyait vivre un rêve.

— Et j'espère bien, ajouta Mlle Laroche, que nous nous reverrons bientôt ! Je serai si heureuse de vous montrer nos modèles ! Soit dit entre nous, mon travail n'est pas toujours drôle. Ces scientifiques ne s'intéressent guère à la toilette ! Il n'y a pas une demi-heure, j'avais ici une dame qui a voyagé avec vous...

— Helga Needheim?

— C'est ça! Pour une Allemande, elle n'est pas mal. Seulement, elle s'en fiche! Si elle prenait des choses qui lui vont, elle serait bien, mais elle s'habille n'importe comment. D'après ce que j'ai compris, elle serait médecin, spécialiste de je ne sais quoi. J'espère qu'elle s'intéresse plus à ses malades qu'à ses vêtements.

Miss Jennson, la jeune femme à lunettes qui avait reçu les voyageurs à leur arrivée, entrait dans le salon. Elle venait apprendre à Mrs. Betterton que le sous-directeur l'attendait. Hilary prit congé de Mlle Laroche et suivit Miss Jennson.

— Comment s'appelle le sous-directeur? lui demanda-t-elle, en cours de route.

— Le Dr Nielson.

— Un médecin?

— Oh! non. Il s'occupe uniquement de l'administration de l'Unité. Il a toujours un entretien avec les nouveaux arrivants, mais, ensuite, ils ne le revoient plus. A moins d'une raison extraordinaire...

Hilary réprima un sourire : Miss Jennson l'avait gentiment remise à sa place.

Après avoir traversé deux antichambres où travaillaient des sténographes, Hilary et son guide parvinrent au sanctuaire du Dr Nielson. A l'entrée de Mrs. Betterton, le sous-directeur se leva. C'était un homme de belle taille, au teint coloré et aux manières courtoises. Son accent américain, encore que léger, laissait deviner ses origines. Il alla à la rencontre de Hilary et lui serra la main.

— Je suis ravi, Mrs. Betterton, de vous souhaiter la bienvenue parmi nous. J'ai appris votre accident avec chagrin et je me félicite qu'il n'ait pas eu de suites graves. On peut dire que vous avez eu de la chance! Beaucoup de chance. Votre époux vous attendait avec une impatience fort légitime et j'espère que vous serez très heureuse ici.

— Je vous en remercie, docteur.

Hilary s'assit dans le fauteuil qu'il lui avait avancé. Se réinstallant à son bureau, il reprit, d'une voix aimable :

— Y a-t-il quelque question que vous aimeriez me poser?

Hilary eut un petit rire.

— Il m'est bien difficile de vous répondre, dit-elle. Il y a tant de choses que je voudrais vous demander que je ne sais par où commencer!

— Voilà qui ne me surprend pas. A votre place, si vous me permettez un conseil, que vous avez parfaitement le droit de ne pas suivre, je ne poserais aucune question. Installez-vous et adaptez-vous à votre nouvelle existence! Ce n'est, je le répète, qu'un conseil, mais, croyez-moi, il est bon!

— J'en suis sûre, dit Hilary. Mais je m'attendais si peu...

— Vous n'êtes pas la première à me dire ça. La plupart du temps, les gens qui arrivent ici se figuraient que leur voyage devait se terminer à Moscou. Ils sont tout étonnés de se retrouver au milieu du désert!... Que voulez-vous? Nous ne pouvons pas leur dire trop de choses à l'avance. Certains pourraient avoir la langue un peu longue et, ici, nous sommes pour la discrétion. Cela dit, vous découvrirez vite que vous pouvez vous organiser ici une existence très confortable. Si quelque chose vous déplaît, signalez-le. Si vous désirez quelque chose, faites-le savoir, nous essaierons de vous l'accorder. Si vous voulez peindre, sculpter ou faire de la musique, nous avons un département artistique où vous trouverez tout ce qu'il vous plaira.

— Je n'ai jamais eu la moindre activité artistique.

— Vous préférez les sports? Nous avons des courts de tennis. En règle générale, les nouveaux arrivants ont besoin d'une semaine ou deux pour s'adapter. Sans doute, votre mari qui a son travail, n'aura guère la possibilité de vous consacrer beaucoup de temps, mais vous ne tarderez pas à trouver d'autres femmes, des épouses de savants, elles aussi, avec qui vous vous entendrez fort bien.

— Mais... est-ce qu'on... reste tout le temps ici?

— Est-ce qu'on reste?... Je ne comprends pas très bien votre question, Mrs. Betterton.

— Je veux dire... Est-ce que je resterai tout le temps ici ou bien est-ce que j'irai ailleurs?

La réponse fut vague.

— Cela dépend beaucoup de votre époux, dit Nielson. Les possibilités sont diverses et sans doute est-il préférable que nous ne les examinions pas pour le moment. Si vous le voulez bien, vous viendrez me revoir dans trois semaines. Vous me direz comment vous vous êtes organisée...

— Mais... est-ce qu'on sort?

— Est-ce qu'on sort, Mrs. Betterton?

— Oui. Peut-on sortir de l'enceinte? Franchir les grilles?

Le Dr Nielson sourit avec bienveillance.

— La question est bien naturelle, dit-il, et les nouveaux venus me la posent presque tous. Je leur réponds que ce qui caractérise notre Unité, c'est justement qu'elle constitue elle-même un monde en réduction et que ceux qui y vivent n'ont donc aucune raison de « sortir ». Au surplus, où iraient-ils? Au-delà des murs, c'est le désert. Notez, chère madame, que je ne vous blâme pas! Ce besoin de sortir, d'autres l'ont éprouvé avant vous et il n'est, d'après le Dr Rubec, qu'une légère manifestation de claustrophobie. Il disparaît vite. Avez-vous jamais observé une fourmilière, Mrs. Betterton? C'est une étude très intéressante et très instructive. Des centaines et des centaines de petites insectes noirs qui vont et viennent, toujours très pressés, très affairés, comme s'ils savaient très exactement ce qu'ils veulent faire. Pourtant, la fourmilière, quand on l'examine de près, c'est le désordre et le gâchis. L'image, en somme, de ce vieux monde pourri que vous venez de quitter. Ici, nous savons ce que nous faisons et nous avons l'éternité devant nous.

Avec un sourire, il conclut :

— Bref, c'est un paradis terrestre.

CHAPITRE XIII

— J'ai l'impression de me retrouver au collège, dit Hilary.

Elle avait regagné son appartement et rangeait dans un placard les vêtements que Mlle Laroche lui avait fait porter.

— Elle passera, répondit Betterton.

Leurs propos restaient prudents. Ils ne croyaient pas qu'il y eût un microphone caché dans la pièce, mais, d'un commun accord, ils préféraient ne pas prendre de risques.

Hilary avait peine à se persuader qu'elle n'était pas le jouet de quelque fantastique cauchemar. Elle partageait la chambre d'un étranger et ils se sentaient, l'un et l'autre, entourés de tels dangers qu'ils admettaient tous les deux cette intimité imprévue sans qu'elle les embarrassât.

— Il faut s'habituer, reprit Betterton. Vivons comme si nous étions encore à la maison!

Elle comprit qu'il continuait à jouer son rôle. La sagesse l'exigeait. Ce n'était pas dans cette chambre que Betterton pouvait lui expliquer pourquoi il avait quitté l'Angleterre, lui dire ses désillusions et, s'il en avait, ses espérances.

— J'ai été soumise à toutes sortes de formalités, dit-elle. Examen médical, psychologique et autres.

— C'est l'usage. Assez normal, d'ailleurs.

— Puis j'ai été reçue par le sous-directeur. C'est bien son titre?

— Oui. Il a la haute main sur tout. C'est un remarquable administrateur.

— Mais ce n'est pas le grand chef?

— Au-dessus de lui, il y a le directeur.

— Je le verrai?

— Un jour ou l'autre, c'est probable. Mais il ne se manifeste que rarement. De temps en temps, il vient nous parler. Il est d'un dynamisme extraordinaire. Sa personnalité a quelque chose de stimulant.

Betterton semblait soucieux. A l'expression de son visage, Hilary se rendit compte que le sujet était de ceux qu'il valait mieux éviter. Jetant un coup d'œil sur sa montre, il dit :

— On dîne de huit heures à huit heures et demie. Si tu es prête, nous pouvons descendre.

Hilary avait passé une de ses « acquisitions » de l'après-midi, une robe d'une teinte gris-vert qui faisait ressortir la beauté de ses cheveux roux. Elle mit autour de son cou un joli collier de fantaisie et, quelques minutes plus tard, Mr. et Mrs. Betterton étaient à la salle à manger. Miss Jennson vint au-devant d'eux.

— Tom, dit-elle à Betterton, je vous ai installé à une table un peu plus grande. Vous serez avec deux des compagnons de voyage de Mrs. Betterton et avec les Murchinson, bien entendu.

La pièce était vaste, avec des tables de quatre, de huit et de dix personnes. Ils allèrent à celle que Miss Jennson venait de leur désigner. Andy Peters et Ericsson, déjà assis, se levèrent à leur approche. Hilary leur présenta son « mari ». Peu après arrivaient le Dr Murchinson et sa femme. Betterton fit les présentations, ajoutant :

— Simon et moi, nous travaillons dans le même laboratoire.

Trop mince et d'une pâleur anémique, Simon Murchinson, qui devait avoir environ vingt-six ans, faisait contraste avec son épouse, une brune assez forte, qui se prénommait Bianca et s'exprimait avec un accent italien assez prononcé. Hilary crut remarquer que, tout en se montrant polie, elle lui témoignait une certaine froideur.

— Demain, dit Bianca Murchinson à Hilary, je vous ferai connaître les autres. Vous n'êtes pas une scientifique, je crois ?

— Non. Avant mon mariage, j'étais secrétaire.

— Bianca a fait des études juridiques, déclara Murchinson. Elle s'est tout spécialement intéressée à l'économie politique et au droit commercial. Elle fait des causeries, mais, malgré cela, elle trouve difficilement à s'occuper.

Bianca haussa les épaules.

— Ça s'arrangera, dit-elle. Je ne suis venue ici que pour être avec toi, mais il y aurait bien des choses à améliorer, sous le rapport de l'organisation, et c'est ce que je suis en train d'étudier en ce moment. Peut-être Mrs. Betterton, puisqu'elle n'aura rien de mieux à faire, pourra-t-elle m'aider ?

Hilary s'empressa d'affirmer qu'elle en serait ravie. Andy Peters fit rire tout le monde en disant qu'il se faisait l'effet d'un gosse qui vient d'arriver au collège et qui serait bien heureux de retourner chez lui. Il ajouta qu'il serait content de se mettre au travail.

— Vous verrez que l'endroit est merveilleux pour abattre de la besogne ! s'écria Simon Murchinson avec enthousiasme. On ne vient jamais vous interrompre et on vous donne tout le matériel dont vous avez besoin !

— De quoi vous occupez-vous ? demanda Andy Peters.

La conversation des deux hommes prit un tour technique que Hilary jugea décourageant. Elle se tourna vers Ericsson, qui semblait rêver.

— Et vous ? lui dit-elle. Est-ce que, vous aussi, êtes un petit garçon qui regrette sa famille ?

Il redescendit sur la terre.

— Non. Je n'ai pas besoin de famille. Les parents, les enfants, le foyer, tout cela n'est pas fait pour les hommes de science. Pour travailler, il faut être libre.

— Et vous pensez qu'ici vous serez libre ?

— Je n'en sais rien encore. Je l'espère.

Bianca s'adressait à Hilary.

— Après le dîner, nous avons le choix entre différentes distractions. Il y a un salon de jeu, où l'on peut faire un bridge. Il y a un cinéma et, trois fois par semaine, du théâtre. Quelquefois, on danse.

Ericsson fronça le sourcil, d'un air désapprobateur.

— Ces choses-là sont inutiles. Elles amollissent.

Bianca protesta.

— Aux femmes, elles sont nécessaires !

Il ne répondit pas, mais son regard trahit sa pensée : Bianca était, à ses yeux, une créature futile et sans intérêt.

Hilary bâilla et annonça qu'elle se coucherait tôt.

— Je n'ai envie ni de jouer au bridge, ni de voir un film.

— Je te comprends, dit Betterton. Une bonne nuit te fera du bien. N'oublie pas que tu as fait un voyage très fatigant !

Se levant de table, il ajouta :

— Il fait très beau, ce soir. Généralement, après le dîner, avant d'employer notre soirée d'une façon ou d'une autre, nous allons prendre le frais sur les terrasses. Je veux te montrer ça. Après, tu pourras gagner ton lit...

Manœuvré par un superbe Noir vêtu d'une longue robe blanche, un ascenseur les transporta sur les terrasses. Des jardins y avaient été aménagés, dont la beauté laissa Hilary muette d'admiration. Ces splendeurs dignes, des Mille et une Nuits, devaient coûter une fortune. Des sentiers couraient entre les palmiers et le murmure de fontaines nombreuses ajoutait à la magie du décor. On marchait sur un sol de mosaïque, représentant de gigantesques fleurs de Perse.

— C'est inimaginable! dit enfin Hilary. De pareilles merveilles au milieu du désert!

— Je conçois votre étonnement, déclara Murchinson. Mais, où que ce soit, il n'est rien d'impossible quand on a de l'eau et de l'argent! Beaucoup d'eau et beaucoup d'argent.

— Mais cette eau, d'où vient-elle?

— Des sources captées dans la montagne.

Ils se promenèrent un instant dans les jardins, puis les Murchinson demandèrent la permission de se retirer : ils devaient assister à une représentation de ballets. Il ne restait presque plus personne sur les terrasses. Betterton prit Hilary par le bras et l'entraîna dans un coin écarté. Au-dessus d'eux, des étoiles s'allumaient dans le ciel. Hilary s'assit sur un banc de pierre. Betterton était devant elle.

— Et maintenant, demanda-t-il d'une voix sourde, *me direz-vous qui vous êtes?*

Elle le regarda longuement, sans rien dire, et jugea qu'elle ne pouvait répondre à sa question avant de lui en avoir posé une elle-même.

— *Pourquoi n'avez-vous pas dit que je n'étais pas votre femme?*

Un silence suivit, qui se prolongea. Aucun d'eux ne voulait parler le premier. Leurs deux volontés s'affrontaient. Hilary attendit, sûre que la sienne l'emporterait. Depuis des mois, Betterton n'avait plus eu à faire preuve de volonté. Sa vie était organisée par d'autres. Il lui suffisait d'obéir. Hilary, elle, avait dû lutter pour recommencer son existence. Elle était la plus forte.

De fait, au bout d'un instant, il céda.

— Une idée comme ça, dit-il très bas, une impulsion. Idiote, probablement. J'ai pensé que quelqu'un vous envoyait pour... me tirer d'ici.

— Vous voulez donc vous en aller ?

— Vous le demandez ?

— Mais comment, de Paris, êtes-vous venu ici ?

Il eut un petit rire qui connait faux.

— N'allez pas croire qu'on m'a kidnappé ou seulement forcé la main. Je suis venu parce que j'ai voulu venir. Je l'ai voulu avec obstination et enthousiasme.

— Vous saviez, en quittant Paris, que vous partiez pour l'Afrique ?

— Non. J'ai été possédé avec les boniments ordinaires. Je rêvais de paix universelle, d'un monde où les savants mettraient en commun toutes leurs découvertes, d'une société débarrassée des capitalistes et des fauteurs de guerre. Ces mêmes bobards, on les a fait avaler à ce Peters, qui est arrivé avec vous !

— Et c'est ici que vous vous êtes aperçu, que vous aviez été victime... d'un mirage ?

Il ricana.

— Vous jugerez vous-même au bout de quelque temps. Pour ma part, je dis seulement que je n'ai pas trouvé ici ce que j'espérais. Je n'ai pas trouvé *la liberté !*

Il s'assit et poursuivit :

— Ce qui m'a dégoûté de l'Angleterre, voyez-vous, c'est cette impression d'être perpétuellement surveillé, espionné. On me demandait compte de tous mes gestes, de mes fréquentations, de mes amitiés. C'était nécessaire, je ne prétends pas le contraire, mais à la longue, cette mise en tutelle devient insupportable. Alors, quand survient quelqu'un qui a une offre à vous faire, on l'écoute. On trouve la chose intéressante... et on finit ici !

— Si je comprends bien, dit-elle en pesant ces mots, vous vous êtes retrouvé ici dans la situation même à laquelle vous vouliez vous soustraire ? On vous surveille, on vous espionne, exactement de la même façon ?

Il se passa la main dans les cheveux.

— Je n'en sais rien. Honnêtement, je n'en sais rien. Je n'en suis pas sûr. C'est peut-être mon imagination qui travaille. Je ne peux pas affirmer qu'on me surveille. Pourquoi le ferait-on ? *Ils* n'ont pas à se tracasser. Je suis ici. Ils me tiennent... En prison !

— Ce n'est pas du tout ce que vous vous étiez figuré ?

— Ça vous paraîtra bizarre, mais, dans un sens, je crois que si ! On travaille dans des conditions idéales. On a toutes les facilités, tout le matériel souhaitable. On se met à la besogne quand on veut, on arrête quand on veut. Des soucis matériels, on n'en a pas. On est nourri, logé, habillé. On a tout, mais on ne peut pas un instant oublier qu'on est en prison !

— Je vous comprends. J'ai eu froid dans le dos, à notre arrivée, quand les grilles se sont refermées sur nous.

Betterton soupira.

— Maintenant que j'ai répondu à votre question, reprit-il, si vous répondiez à la mienne ? Pourquoi vous faites-vous passer pour Olive ?

— Olive...

Elle s'arrêta, cherchant comment exprimer ce qu'elle avait à dire.

— Oui, Olive ! Qu'est-ce qui vous empêche de parler ? Il lui est arrivé quelque chose ?

Elle le regardait, fort triste soudain.

— Cette minute, je la redoute depuis que je suis ici.

— Elle a eu... un accident ?

Réunissant tout son courage, elle dit :

— Elle est morte. C'est épouvantable. Elle venait vous retrouver. Son avion s'est écrasé au sol. Elle a été transportée à l'hôpital et elle est morte deux jours plus tard.

Il n'eut pas un frémissement. Il restait immobile, les yeux fixes, comme résolu à ne rien laisser deviner des sentiments qui l'agitaient.

— Bien, dit-il après un long silence. Olive est morte. Pourquoi avez-vous pris sa place ?

Hilary tenait sa réponse prête. Betterton s'était figuré qu'elle venait l'arracher à ce qu'il appelait sa prison. Il n'en était rien : elle venait chercher des informations, et non aider à l'évasion d'un homme qui s'était mis lui-même dans la position où il se trouvait. Au surplus, elle n'avait aucun moyen de le délivrer. Elle était « en prison », tout comme lui. Qu'il voulût fuir, ce n'était pas une raison suffisante pour lui faire confiance. Épuisé déjà, il pouvait s'effondrer brusquement, d'un moment à l'autre. C'eût été folie que d'attendre de lui qu'il pût garder un secret.

— J'étais à l'hôpital en même temps que votre femme et je

lui ai offert de prendre sa place pour essayer de vous joindre. Elle tenait absolument à ce qu'un message vous parvînt.

Il fronçait le sourcil.

— Mais...

Elle se hâta de poursuivre, dans l'espoir qu'il ne se rendrait pas compte de la fragilité de son histoire :

— C'est moins incroyable qu'il ne semble! Ces idées dont vous venez de parler, il y a longtemps qu'elles sont plus ou moins les miennes, et je n'ai jamais cherché à m'en cacher. Et puis, j'avais l'âge d'Olive et j'étais rousse, comme elle. Je pouvais me faire passer pour elle. Votre femme insistait. J'ai décidé de tenter le coup. Elle tenait tant à ce message.

— Au fait, oui, ce message! Qu'est-ce que c'était?

— Il fallait vous recommander la prudence, vous dire que vous étiez menacé, que vous êtes menacé, par un certain Boris.

— Boris? C'est de Boris Glydr que vous voulez parler?

— Oui. Vous le connaissez?

Il secoua la tête.

— Je ne l'ai jamais vu, mais je le connais de nom. C'est un parent de ma première femme. Je suis fixé sur son compte.

— En quoi peut-il être dangereux pour vous?

Il semblait ne pas entendre. Elle répéta sa question.

— Je ne le sais guère, dit-il, comme revenant de très loin. Mais, effectivement, d'après ce qu'on m'a raconté de lui, c'est un personnage dangereux.

— En quel sens?

— En ce sens que c'est un de ces idéalistes à demi fous, qui n'hésiteraient pas à trucider la moitié de l'humanité si, pour une raison ou pour une autre, ils s'imaginaient que ce serait une bonne chose.

— Je vois le genre. J'en connais...

Elle n'eut pas le temps de se demander ce qui lui avait fait dire ça. Il reprenait :

— Olive l'avait-elle vu?

— Je l'ignore. Elle ne m'a rien dit d'autre... Si, pourtant. Elle m'a dit aussi « qu'elle ne pouvait pas le croire ».

— Pas croire quoi?

— Je ne sais pas.

Après une brève hésitation, elle ajouta :

— Vous comprenez... elle était en train de mourir.

Il eut un rictus douloureux.

— Oui, bien sûr... Je m'y ferai. Seulement, pour le moment, je ne me rends pas encore bien compte...

Sur un autre ton, il dit :

— Ce qui m'intrigue, c'est comment Boris pourrait être pour moi un danger, *alors que je suis ici*. J'imagine, puisque Olive a dû le voir, qu'il était à Londres ?

— Il était à Londres.

— Alors, je ne comprends pas !... Et puis, qu'est-ce que ça peut faire ?... Rien n'a plus d'importance, rien !... Nous sommes ici, bloqués dans cette sacrée saleté d'Unité, entourés de robots sans entrailles...

Frappant de son poing fermé sur le banc de pierre, il ajouta :

— *Et nous ne pouvons pas ficher le camp !*

— Oh ! mais si.

Il la regarda d'un air stupéfait.

— Que voulez-vous dire ?

— Que nous trouverons le moyen de partir.

Il eut un rire amer.

— Ma petite fille, vous n'avez pas la moindre idée de ce que peut être votre prison !

Hilary haussa les épaules. Elle ne se laisserait pas décourager.

— Pendant la guerre, répliqua-t-elle, il y a des prisonniers qui se sont évadés des camps les mieux gardés. Nous creuserons un tunnel ou nous nous arrangerons autrement...

— Comment creuser un tunnel dans le roc ? Et pour aller où ? Autour de nous, c'est le désert !

— Si le tunnel est impossible, nous procéderons autrement, voilà tout !

Elle souriait, affichant une confiance plus feinte que réelle.

— Vous êtes une fille extraordinaire, dit-il. Vous paraissez tellement sûre de vous...

— Je le suis. Sortir d'ici, c'est possible, je le répète ! Ça prendra du temps, il faudra tirer des plans...

Il l'interrompit :

— Du temps !... C'est justement ce que je n'ai pas !

— Pourquoi ?

— C'est difficile à expliquer. A dire le vrai, ici, je ne suis pas moi-même.

Elle fronça le sourcil.

— Ce qui signifie ?

— Simplement que je n'arrive pas à travailler. Dans la

recherche scientifique, *la pensée* est évidemment un élément essentiel. C'est elle seulement qui est créatrice. Or, depuis mon arrivée ici, je ne puis plus me concentrer. Comme si ça ne m'intéressait plus! Je fais du travail honnête, bien sûr, mais n'importe qui pourrait le faire à ma place et ce n'est pas pour cela qu'on m'a fait venir. De moi, on attend autre chose, et c'est ce que je suis incapable de donner! Je m'en rends compte, cela m'exaspère et le moment n'est pas loin où je ne serai plus bon à rien. Quand il sera acquis qu'il n'y a rien à tirer de moi, la décision ne traînera pas. On me liquidera!

— Mais non!

— Je sais ce que je dis. Ici, on ne fait pas de sentiment. Ce qui m'a sauvé jusqu'à présent, c'est cette histoire de chirurgie esthétique. On ne peut pas demander un travail sérieux à un type qui va d'opération en opération. Seulement, maintenant, ça, c'est fini!

— Au fait, ces opérations, pourquoi les avez-vous subies?

— Parce que je tiens à ma peau! J'étais « recherché ».

— Recherché?

— Vous ne le saviez pas? Il est vrai qu'Olive l'ignorait sans doute. En tout cas, c'est comme ça! J'étais recherché... et je le suis toujours.

— Pour *...trahison?* Parce que vous avez vendu des secrets atomiques?

Son regard fuyant celui de Hilary, il protesta :

— Je n'ai rien vendu du tout! J'ai apporté ce que je savais de certains procédés de fabrication et je l'ai donné sans y être contraint, simplement parce que je voulais le donner. Si l'on veut mettre en commun les connaissances scientifiques du monde entier, il faut le faire! Vous ne comprenez donc pas ça?

Elle comprenait fort bien. Elle n'avait aucune peine à imaginer Andy Peters livrant les secrets de son pays. Ericsson, lui aussi, pour servir son idéal, eût trahi avec joie. Mais elle voyait mal Tom Betterton dans ce même rôle. Et elle se rendit compte brusquement que rien ne soulignait mieux la différence existant entre le Betterton qui, quelques mois plus tôt, était arrivé à l'Unité, débordant de zèle et d'enthousiasme, et le Betterton d'aujourd'hui, qui, vaincu, nerveux, anéanti, n'était plus qu'un homme très ordinaire, paralysé par une sorte de peur contre laquelle il ne se défendait même plus.

— Tout le monde est descendu, dit brusquement Betterton. Il vaudrait peut-être mieux...

Elle se leva.

— Si vous voulez! Mais, que nous nous soyons un peu attardés, la chose n'étonnera personne. Étant donné les circonstances...

— Bien sûr. Vous savez qu'il va falloir que nous continuions à jouer la comédie? Nous sommes mari et femme...

— Eh! oui.

— Nous allons partager le même appartement. Rassurez-vous, je ne vous ennuierai pas...

Elle sourit.

— Ne vous tracassez pas pour ça! L'important, c'est de sortir d'ici, et d'en sortir vivants!

CHAPITRE XIV

Dans sa chambre de l'hôtel *Mamounia,* à Marrakech, Jessop s'entretenait avec Miss Hetherington.

Une Miss Hetherington assez différente de celle que Hilary connut à Casablanca et à Fez. Physiquement, elle n'avait pas changé, mais son allure était tout autre. Miss Hetherington semblait rajeunie d'un nombre d'années sensible et ses manières étaient celles d'une jeune femme. Se tenait dans la pièce un troisième personnage, un homme brun, assez épais, au regard intelligent et vif. Il fredonnait doucement le refrain d'une chansonnette française, tout en frappant de la main le bras de son fauteuil.

— Et, autant que vous sachiez, dit Jessop, ce sont là les seules personnes à qui elle a parlé à Fez?

Janet Hetherington le confirma d'un mouvement de tête.

— Il y avait aussi cette dame Calvin Baker, que nous avions déjà rencontrée à Casablanca. J'avouerai franchement que je ne sais trop que penser d'elle. Elle s'est mise en quatre pour faire amitié avec Olive Betterton, et avec moi aussi, d'ailleurs, mais cela ne prouve rien. Les Américains sont cordiaux, dans les hôtels ils entrent en conversation avec tout le monde et ils adorent vous convier à participer à leur excursions... De plus, elle était dans l'avion, *elle aussi.*

— Vous semblez tenir pour acquis que cet accident d'avion a été provoqué, dit Jessop.

La tête à demi tournée vers l'homme qui était dans le fauteuil, il ajouta :

— Votre avis, Leblanc?

Leblanc cessa de fredonner.

— Possible, dit-il. Il se peut très bien que l'appareil ait été saboté et que ce soit la cause de la catastrophe. Nous ne saurons jamais la vérité. L'unique certitude, c'est que l'avion a pris feu et que tous ceux qui étaient à bord ont péri.

— Que savez-vous du pilote ?

— Alcadi ? Un garçon qui connaissait son métier, jeune et... mal payé.

Les deux derniers mots furent précédés d'une courte pause.

— Par conséquent, dit Jessop, susceptible d'accepter les offres de quelque employeur nouveau, mais vraisemblablement pas de se suicider.

— Il y avait sept corps, répliqua Leblanc. Calcinés, méconnaissables, mais au nombre de sept. Il n'y a pas à sortir de là !

Jessop se retourna vers Janet Hetherington.

— Vous disiez donc ?

— A Fez, reprit-elle, Mrs. Betterton a échangé quelques mots avec une famille française qui se trouvait là. Il y avait encore un riche Suédois, avec une très jolie fille, et également M. Aristidès, le magnat du pétrole.

— Un type extraordinaire, celui-là ! s'écria Leblanc. Je me suis souvent demandé ce que je ferais si j'étais milliardaire et, en toute honnêteté, je dois avouer que je crois bien que je m'offrirais des chevaux de course, des femmes et tous les plaisirs de la terre. Le vieil Aristidès, lui, voit les choses autrement. Il a en Espagne un château, dont il ne bouge guère et où il a réuni, paraît-il, une merveilleuse collection de poteries chinoises de la période Sung. Il est vrai qu'il a l'excuse d'avoir soixante-dix ans, sinon plus.

— Si l'on en croit les philosophes chinois, dit Jessop, c'est entre soixante et soixante-dix ans que l'homme goûte le mieux les satisfactions de l'existence.

Leblanc fit la moue, l'air sceptique.

— A Fez, continua Janet Hetherington, il se trouvait encore quelques Allemands, mais, autant que je sache, Olive Betterton ne leur a point parlé.

— Vous m'avez bien dit qu'elle avait visité seule la vieille ville ?

— Seule, avec un guide de l'endroit. Il se peut que, ce jour-là, quelqu'un soit entré en contact avec elle.

— En tout cas, elle a brusquement décidé de se rendre à Marrakech.

— Pas brusquement. Ses « réservations » étaient faites depuis un certain temps déjà.

— Je me trompe, dit Jessop. C'est Mrs. Calvin Baker qui, brusquement, a décidé de l'accompagner.

Se levant et marchant de long en large dans la pièce, il poursuivit :

— Donc, elle prend l'avion pour Marrakech et l'appareil s'écrase au sol. Quand il y a à bord une personne s'appelant « Olive Betterton », on dirait que la catastrophe n'est pas loin. Accident réel ou provoqué ? Nous l'ignorons, mais il me semble que, si quelqu'un avait envie de supprimer Olive Betterton, il pouvait arriver à ce résultat par des moyens plus simples.

— En êtes-vous bien sûr ? demanda Leblanc. Il est moins compliqué de se glisser dans un avion et de poser une bombe sous le siège d'un passager que d'aller guetter sa victime au coin d'une rue, par une nuit sans lune, pour lui enfoncer deux pouces d'acier dans le corps. Vous m'objecterez qu'avec le premier procédé on provoque accessoirement la mort de plusieurs personnes. Quand on a décidé de faire bon marché de la vie humaine, est-ce que cela compte ?

— Il y a aussi, dit Jessop, une troisième hypothèse : celle de l'accident truqué.

— Il est certain, admit Leblanc après un rapide moment de réflexion, qu'elle n'est pas invraisemblable. Atterrir et mettre le feu à l'avion, c'était possible. Seulement, mon cher Jessop, les faits sont les faits. Il y avait *des passagers* dans cet avion, *et leurs cadavres étaient bien réels.*

— Je sais, reconnut Jessop, nous sommes là devant un mur et il n'y a rien à faire. Seulement, ce qui me chiffonne, c'est que cette histoire se termine trop bien, de façon trop nette, trop définitive. Au moins, pour nous. Nous n'avons plus qu'à écrire R.I.P. dans la marge de notre rapport et à rentrer chez nous. La piste s'arrête, la chasse est finie. Au fait, Leblanc, cette enquête, vous la faites faire ?

— Elle est en cours depuis quarante-huit heures, répondit Leblanc. Je l'ai confiée à des agents qui sont excellents. J'attends de leurs nouvelles. L'avion s'est écrasé dans un coin particulièrement perdu. Je vous ai dit qu'il n'était pas sur sa route normale?

— Oui. Le point est à retenir.

— Mes hommes pousseront leurs investigations à fond. Ils savent que l'affaire est d'importance. En France aussi, nous avons perdu, comme par enchantement, quelques jeunes savants d'avenir, de qui nous ne savons ce qu'ils sont devenus. Rien de plus crédule qu'un scientifique! Des types remarquables, qu'on possède avec des bobards enfantins! Un boniment bien troussé et on les embarque! Je les plains, car ils ont dû tomber de haut.

— Si nous revoyions la liste des passagers? suggéra Jessop.

Le Français tira de sa poche une feuille de papier. Jessop la lut à haute voix :

— Mrs. Calvin Baker, Américaine; Mrs. Betterton, Anglaise; Torquil Ericsson, Norvégien... Au fait, celui-là, que savez-vous de lui?

— Rien. Il est jeune, c'est tout ce que je sais. Vingt-sept ou vingt-huit ans.

Jessop fronça le sourcil.

— Moi, je le connais de nom et je crois bien me rappeler qu'il a présenté une communication à la Royal Academy.

Il poursuivit sa lecture :

— Ensuite, nous avons la bonne sœur... Andrew Peters, encore un Américain, et le Dr Barron. Une célébrité, celui-là, un grand bactériologue.

— Mais, pourtant, un aigri...

La sonnerie du téléphone retentit. Leblanc prit l'appareil.

— Allô?... Vous dites?... Très bien, faites-le monter!

Il posa le récepteur et tourna vers Jessop un visage radieux.

— C'est un de mes agents qui vient rendre compte. Je ne m'engage pas, mon cher collègue, et je ne promets rien, mais il se pourrait que votre optimisme fût justifié.

Quelques minutes plus tard, deux hommes entraient dans la pièce. Le premier n'était pas sans ressembler à Leblanc : même silhouette, même teint, même intelligence dans le regard. Il était vêtu à l'européenne. Son compagnon, un indigène, avait la dignité native des hommes du désert.

— Nous avons fait savoir qu'il y avait une récompense, dit le Français, s'adressant à Leblanc, et les gens du pays se sont tout de suite mis à chercher, et fort sérieusement. Cet homme a trouvé quelque chose et je vous l'ai amené pour qu'il vous le remette lui-même, pour le cas où vous auriez des questions à lui poser.

Leblanc se tourna vers le Berbère. S'exprimant dans sa langue, il lui dit qu'il avait fait « du bon travail » et le pria de lui montrer ce qu'il avait trouvé. L'homme posa sur la table une grosse perle synthétique, d'un beau gris tirant sur le rouge.

— Elle est comme celle que l'on nous a fait voir, déclara-t-il. Elle vaut très cher et c'est moi qui l'ai découverte.

Jessop la prit pour la comparer à une autre, qu'il avait extraite de son portefeuille. Les deux perles étaient exactement semblables. S'étant approché de la fenêtre pour les examiner à la loupe, il dit :

— Aucun doute!

Plus bas, il ajouta :

— Brave gosse!

Un rapide dialogue, cependant, s'engageait entre le Berbère et Leblanc. Finalement, celui-ci se tourna vers Jessop :

— J'en suis navré, mon cher collègue, mais cette perle n'a pas été ramassée près des débris de l'avion, mais à près d'un demi-mille de là.

— Ce qui prouve, déclara Jessop, que Olive Betterton a survécu à l'accident et que, bien que l'on ait retrouvé sept cadavres, qui sont censés être ceux des sept personnes qui s'étaient envolées de Fez, *elle ne saurait être comptée au nombre des victimes.*

— Nous allons étendre le champ des investigations, dit Leblanc.

Il reprit la conversation avec le Berbère, puis, souriant largement, celui-ci se retira avec l'agent qui l'avait amené.

— Il est ravi, fit observer Leblanc. Non seulement de la confortable récompense qui va lui être remise, mais de celles qu'il est encore susceptible de gagner. Ces perles, on va maintenant les rechercher dans toute la région. Les Berbères ont des yeux de lynx et je suis persuadé, mon cher collègue, que nous obtiendrons des résultats. Souhaitons seulement qu'*ils* ne se soient pas aperçus de ce qu'*elle* faisait!

— Ça me paraît peu probable, répondit Jessop. Une femme

casse son collier, elle ramasse ses perles, elle les fourre dans sa poche et il se trouve que sa poche est trouée. Ce sont de ces choses qui arrivent! De plus, n'oublions pas qu'*ils* n'avaient aucune raison de soupçonner Olive, une gentille petite femme uniquement soucieuse de revoir son époux au plus tôt.

Leblanc reprit la liste des passagers.

— J'ai l'idée que nous aurions intérêt à l'examiner une fois encore. Olive Betterton, le Dr Barron. Aucune hésitation pour ces deux-là, ils allaient bien... où ils allaient. Mrs. Calvin Baker, l'Américaine. En ce qui la concerne, rien de sûr. Torquil Ericsson, vous me dites qu'il a présenté une communication à la Royal Academy. Peters, l'Américain, est un chimiste, si l'on en croit son passeport. Quant à la sœur, l'habit religieux est un excellent déguisement. Bref, toute une cargaison de gens venus de partout, adroitement dirigés vers un même avion qui doit les emporter tous à une date déterminée. L'appareil prend feu et, à l'intérieur, on trouve le nombre de cadavres voulu. C'est très fort et je me demande comment *ils* ont réussi ça!

Jessop convint que c'était du bel ouvrage.

— Et maintenant, demanda-t-il, que faisons-nous? On va sur les lieux?

— Pourquoi pas? Nous tenons une piste, il est très possible qu'elle nous mène quelque part!

— Espérons-le!

A vrai dire, la piste était difficile à suivre et les recherches impliquaient de délicats calculs, relatifs à la vitesse de déplacement du car, qu'il fallait déterminer avec une certaine précision pour établir les points où avait vraisemblablement eu lieu le ravitaillement en essence et les villages où les voyageurs pouvaient avoir passé la nuit. Jessop et Leblanc connurent bien des moments de découragement, mais aussi des minutes exaltantes. De temps en temps, en effet, on trouvait quelque chose.

— Cette perle, mon capitaine, je l'ai découverte dans la maison d'un certain Abdul Mohammed. Elle était dans une petite boulette de chewing-gum, dans le coin le plus obscur d'une pièce minuscule. Abdul Mohammed a été interrogé, ainsi que ses fils. D'abord, ils ne savaient rien. A la fin, ils ont fini par reconnaître qu'ils ont hébergé pour la nuit six personnes, arrivées en voiture et qui disaient faire partie d'une expédition archéologique allemande, actuellement dans la région. Ils ont été payés largement et on leur avait recommandé le secret, sous prétexte qu'il s'agissait de fouilles qui n'étaient pas régulièrement autorisées. Deux autres perles ont été trouvées par des enfants, au village de El Kaif. Maintenant, nous sommes fixés sur la route suivie par le car. Autre chose, mon capitaine. La main de Fatma, on l'a vue, comme vous aviez dit. Ce type-là va vous expliquer ce qu'il en est...

L'agent de Leblanc désignait du geste le berger qui l'accompagnait.

— C'était le soir, dit le Berbère, et j'étais avec mon troupeau quand un car est passé. Sur le côté de la voiture, j'ai vu le Signe, une main de Fatma, qui brillait dans l'obscurité.

— Magnifique, ce gant enduit de phosphore, s'écria Leblanc. L'idée est excellente, mon cher collègue, et je vous félicite de l'avoir eue.

— Le truc est pratique, déclara Jessop, mais dangereux. Cette main, *ils* peuvent la voir...

Leblanc haussa les épaules.

— De jour, elle était invisible.

— Oui, mais que le conducteur arrête, à la tombée de la nuit, pour allumer ses phares...

— C'est entendu! Seulement, la main de Fatma fait partie des superstitions arabes et on la trouve souvent, peinte sur la carrosserie des camions. Celle qui nous intéresse ne saurait être plus suspecte qu'une autre...

— Je le veux bien, mais nous n'en devons pas moins ouvrir l'œil. Que nos ennemis l'aient repérée et rien ne leur devient plus facile que de nous lancer sur une fausse piste. Une main de Fatma phosphorescente et nous allons où l'on veut bien nous envoyer!

— Là-dessus, je suis d'accord avec vous. Il ne faut pas que nous nous laissions manœuvrer.

Le lendemain matin, un indigène apportait à Leblanc trois perles encore : elles étaient collées en triangle sur une petite boulette de chewing-gum.

— Si je comprends bien, dit Jessop, cette disposition signifierait que l'étape qu'on allait faire devait être accomplie en avion. C'est votre avis, Leblanc?

— Absolument. D'autant plus que ces trois perles ont été ramassées sur un ancien terrain militaire, sur lequel mes hommes ont relevé des traces qui prouvent qu'un avion y a fait escale récemment. Un avion inconnu, naturellement, et dont nul ne sait où il se rendait. Ce qui complique notre tâche. Où aller chercher la piste, maintenant ?

CHAPITRE XV

« Dix jours que je suis ici! se répétait Hilary. C'est positivement incroyable! »

Ce qui l'inquiétait, c'était moins la fuite du temps que la facilité avec laquelle elle paraissait s'adapter à sa nouvelle existence. Au début, l'idée qu'elle était prisonnière l'accablait. Puis, peu à peu, par degrés insensibles, elle s'était faite à cette vie qu'elle commençait à trouver presque « normale ». Sans doute, elle avait l'impression d'être hors de la réalité, mais il lui semblait que son cauchemar durait depuis très très longtemps et qu'il devait se prolonger très longtemps encore. Toujours, peut-être...

Tout en surveillant ses propres — et alarmantes — réactions, Hilary s'intéressait à celles des « nouveaux », arrivés à l'Unité en même temps qu'elle. Elle ne voyait guère Helga Needheim qu'aux repas. Quand elles se rencontraient, elles échangeaient des saluts distants, sans plus. Autant que Hilary en pût juger, Helga Needheim paraissait heureuse et satisfaite de son sort. L'Unité était bien telle qu'elle se la représentait avant de la connaître. Étant de ces femmes qui se donnent entièrement à leur travail et croyant que les savants, au nombre desquels elle se comptait, constituaient une race supérieure, elle ne rêvait pas de fraternité humaine, de liberté ou de paix universelle. Pour elle, l'Avenir, c'était le triopmhe, de cette humanité d'élite dont elle faisait partie, qui imposerait sa loi aux autres hommes, quitte à les traiter avec une condescendante gentillesse, s'ils savaient la mériter. Il lui était indifférent que ses compagnons de travail eussent des vues différentes des siennes, qu'ils fussent communistes plutôt que fascistes. Ils étaient utiles, donc nécessaires. Leurs idées changeraient plus tard.

Le Dr Barron, plus intelligent que Helga Needheim, de temps à autre bavardait avec Hilary. Bien que ravi du merveilleux matériel mis à sa disposition, il ne pouvait s'empêcher, sans doute parce qu'il était un Latin, de philosopher, et parfois, de critiquer.

— Entre nous, confia-t-il un jour à Hilary, je puis bien vous avouer que je m'attendais, en venant ici, à tout autre chose. J'ai horreur de la prison. La nôtre est dorée, mais c'est une prison !

— C'est la liberté que vous veniez chercher ici ?

— Ne croyez pas ça ! Je suis un homme civilisé et l'homme civilisé sait que la liberté n'existe pas. Il n'y a que les nations encore dans l'enfance pour faire figurer le mot liberté sur leurs étendards. Non, je suis venu ici pour des raisons purement financières. Ce qui m'a attiré, je le dis en toute franchise, c'est l'argent.

Hilary sourit, un peu surprise.

— A quoi l'argent peut-il vous servir ici ?

— Avec l'argent, répondit le Dr Barron, on peut équiper des laboratoires. Je n'ai pas besoin de mettre la main à la poche pour les avoir et je puis ici servir la cause de la science et, du même coup, satisfaire ma curiosité intellectuelle. J'aime mon travail, c'est entendu, mais non pas parce que je crois rendre service à l'humanité. Je laisse ça aux imbéciles et aux incapables. La recherche me procure une jouissance égoïste, purement intellectuelle, et c'est pour cela surtout qu'elle m'intéresse. Quant à l'argent, au sens où vous l'entendez, j'ai touché avant de quitter la France, une somme importante, que j'ai mise en banque sous un nom supposé et que je retrouverai, le moment venu, quand je m'en irai d'ici. Je verrai alors comment la dépenser.

— Mais quand vous en irez-vous... et, même, vous en irez-vous jamais ?

— Les gens qui ont du bon sens, répliqua Barron, savent qu'il n'y a rien d'éternel. Je suis venu ici, persuadé que toute l'affaire a été mise sur pied par un fou. Il en est, vous ne l'ignorez pas, qui raisonnent logiquement. Un fou, s'il dispose d'une immense fortune, peut, au moins pour un certain temps, transposer dans la réalité ses rêves les plus insensés. Seulement, un jour vient fatalement où tout craque ! C'est ce qui arrivera ici, parce que, j'imagine que vous vous en rendez compte, nous sommes hors du raisonnable. La raison l'emporte toujours, à la longue, justement, parce qu'elle est la raison. Concluez!... En attendant, je le répète, tout ça m'arrange on ne peut mieux.

Contrairement aux prévisions de Hilary, Torquil Ericsson n'avait pas été déçu par l'Unité et s'accommodait fort bien de l'atmosphère qu'on y respirait. D'esprit moins pratique que le Français, il vivait dans un monde à lui, dans une sorte de bonheur austère, poursuivant sans cesse des calculs mathématiques extrêmement compliqués et indéfiniment renouvelés. Il avait des choses sa vision personnelle et, très calmement, envisageait, pour l'avenir de l'humanité, des hypothèses qui faisaient frissonner Hilary. A ses yeux, il était le type même de ces idéalistes qui enverraient allègrement les trois quarts des habitants du globe à la mort pour assurer le bonheur du dernier quart. Un utopiste, sans méchanceté, mais redoutable.

Hilary se sentait beaucoup plus proche de l'Américain Andy Peters, probablement parce qu'il n'avait pas de génie, mais seulement du talent. D'après ce qu'elle avait appris par les camarades de travail d'Andy, on pouvait le considérer comme un excellent chimiste, mais non comme un pionner de la science. Comme Hilary, il détesta l'Unité dès le premier jour.

— Au vrai, lui di-il un soir, je ne savais pas où j'allais. Je croyais le savoir, mais je me trompais. L'Unité n'est pas une organisation communiste et nous ne sommes pas en contact avec Moscou. Je croirais plutôt que ce sont des fascistes qui mènent le jeu.

— N'accordez-vous pas trop d'importance aux étiquettes? lui demanda Hilary.

— Peut-être, répondit-il après réflexion. Ces mots-là ne signifient pas grand-chose. Ce qui compte, c'est que je veux partir d'ici et que je partirai.

Baissant la voix, elle dit :

— Ce ne sera pas facile.

— D'accord, mais rien n'est impossible!

Ils se promenaient après le dîner, sur la terrasse, dans le voisinage des fontaines. Sous la voûte étoilée du ciel, ils auraient pu se croire dans les jardins du palais de quelque sultan.

— Ce que j'aime vous entendre dire ça! s'écria Hilary. Vous ne pouvez pas savoir!

Il la regarda avec sympathie.

— Vous avez le cafard?

— Un peu. Mais, surtout, j'ai peur!

— Non?... Et de quoi?

— De m'habituer à cette existence.

Il resta silencieux un instant.

— Je vous comprends, dit-il enfin. Nous subissons ici comme une suggestion collective...

— Est-ce que tous les gens qui sont ici ne devraient pas se révolter? Ce serait tellement normal!

— C'est bien mon avis. C'est même pourquoi il m'arrive de me demander si nous ne sommes pas subtilement... drogués.

— Drogués?

— Oui. La chose n'a rien d'invraisemblable. On pourrait très bien mélanger à nos aliments un produit qui nous inciterait à nous montrer... dociles et obéissants.

— Ça existerait, une telle drogue?

— Ce n'est pas ma partie et je ne peux rien affirmer, mais je sais qu'il existe des drogues qui abolissent la volonté. On les utilise parfois dans les hôpitaux, pour amener le malade à consentir à une opération nécessaire. Pourrait-on administrer un produit de ce genre à quelqu'un, de façon continue, sans diminuer son rendement sur le plan du travail? La question n'est pas de ma compétence. Il se peut, d'ailleurs, qu'on se contente d'agir sur nos esprits. Un peu à la manière des hypnotiseurs. On répète que nous sommes très bien ici, que nous collaborons à une grande œuvre, dont on ne nous dit pas d'ailleurs ce qu'elle est au juste et, peut-être à la fin, nous laisserons-nous convaincre. Dans ce domaine, des gens connaissant bien leur affaire peuvent obtenir des résultats surprenants.

— Alors, s'écria Hilary, il ne faut pas nous laisser faire! Quand l'idée nous vient que, tout bien considéré, nous ne sommes pas tellement mal ici il faut la chasser, résolument!

— Votre mari, que dit-il de tout ça?

— Tom?... Je n'en sais rien. C'est tellement difficile, tellement...

La phrase resta en suspens. Hilary se sentait incapable d'expliquer cette vie étrange qu'elle menait, depuis dix jours déjà, aux côtés d'un étranger. Ils partageaient la même chambre et, la nuit, quand le sommeil la fuyait, elle entendait la respiration de cet homme qui dormait dans le lit voisin et qui, comme elle, avait accepté un arrangement inévitable. Sa position à elle était incompréhensible. Faisant métier d'espionne, elle jouait son rôle, quel qu'il fût. Quant à Tom, elle ne le comprenait pas. Il lui apparaissait comme un terrible exemple de ce que pouvait faire d'un brillant jeune savant la déprimante atmosphère de l'Unité. Son travail ne l'intéressait plus.

— On dirait que je ne suis plus capable de penser, avouait-il parfois, d'un ton navré. Comme si mon cerveau était desséché!

Pour Hilary, Tom Betterton était un génie, de qui les dons ne pouvaient s'épanouir dans une prison. Pour créer, il lui fallait être libre.

Il ne s'occupait guère de Hilary. Pour lui, elle n'était ni une femme, ni même une amie. Quelquefois, elle se demandait s'il se rendait bien compte que Olive était morte et s'il en souffrait. Une seule chose semblait le préoccuper : sa captivité.

— Il faut que je m'en aille, répétait-il, il le faut!

D'autres fois, il disait :

— Si j'avais su!... Seulement, pouvais-je me douter de ce que je trouverais ici?... Il faut que je parte! Mais *comment?*

Andy Peters ne disait pas autre chose, mais le ton n'était pas le même. Peters parlait comme un homme déçu, mais énergique, sûr de lui et bien résolu à combattre, avec toutes les ressources de son intelligence, les mystérieux maîtres qui le tenaient prisonnier. Alors que la révolte de Tom n'était que celle d'un pauvre type, arrivé au bout de son rouleau et obsédé par l'idée fixe d'une impossible évasion. Cette différence n'échappait pas à Hilary. Mais ne provenait-elle pas simplement du fait que Betterton était là depuis longtemps? Peut-être, dans six mois, découragés, ayant constaté la vanité de leurs efforts, en seraient-ils, Peters et elle, à proclamer leur volonté de s'enfuir, avec, au fond d'eux-mêmes, la conviction d'être désormais incapables de rien tenter?

Tout cela, Hilary aurait voulu pouvoir le dire à Peters. Quel soulagement c'eût été pour elle que de lui révéler qu'elle n'était point la femme de Tom Betterton, qu'elle ne savait rien de lui et qu'elle ne pouvait lui être d'aucun secours, faute de savoir que dire ou que faire! Cette confession étant impossible, elle choisit ses mots avec soin pour répondre à Andy.

— J'ai l'impression que Tom est maintenant très loin de moi, dit-elle. Il ne se confie pas à moi. Quelquefois, je me demande si cette privation de liberté ne finira pas par lui faire perdre la raison.

— Hypothèse vraisemblable.

Un silence suivit.

— Vous avez l'air très sûr de pouvoir un jour vous évader, reprit Hilary. Est-ce vraiment possible ?

— Certainement, répondit-il. Je ne veux pas dire que nous pourrons nous en aller tranquillement demain ou après-demain. Il faudra préparer notre fuite de longue main, mais elle n'a rien d'irréalisable. Pendant la guerre, les camps allemands étaient bien gardés. Pourtant...

— Ce n'est pas la même chose !

— Pourquoi donc ? Du moment qu'on peut entrer quelque part, on peut en sortir. Évidemment, il ne saurait être question ici de creuser une galerie, mais ça ne rend pas le problème insoluble. Quand il y a une entrée, je le répète, il y a une sortie. Une évasion, ça s'étudie. Ça demande du temps et de la réflexion, mais ce n'est jamais impossible. *Je ficherai le camp d'ici*, vous pouvez en être sûre !

— Je n'en doute pas, dit Hilary. Mais moi ?

— Vous, dame, c'est autre chose...

Il avait répondu avec un certain embarras. Elle se demanda ce qui pouvait expliquer cette phrase qu'elle n'attendait pas. Sans doute croyait-il que, venue rejoindre l'homme qu'elle aimait, elle ne tenait pas réellement, puisque ses vœux étaient comblés, à fuir l'Unité. Elle fut sur le point de lui dire la vérité, mais une sorte de prudence instinctive la retint.

Elle lui souhaita bonne nuit et quitta les jardins.

CHAPITRE XVI

1

— Bonsoir, Mrs. Betterton.

— Bonsoir, Miss Jennson.

Les yeux de la jeune femme brillaient plus qu'à l'habitude derrière le verre épais des lunettes.

— Nous avons une grande réunion ce soir. Et c'est *le directeur lui-même* qui nous parlera!

Elle avait baissé la voix pour annoncer la nouvelle.

— Bonne chose! dit Andy Peters. Il y a longtemps que j'ai envie de voir sa figure.

Miss Jennson lui lança un regard réprobateur, déclara d'un ton bref que le directeur était un homme remarquable et s'éloigna vers le fond du couloir. L'Américain émit un sifflement finement modulé, puis il dit :

— Vous ne croyez pas que « *Heil Hitler!* » était sous-entendu?

— Ce serait bien possible!

Peters poussa un soupir.

— L'embêtant, dans la vie, c'est qu'on ne sait jamais où l'on va! Quand j'ai quitté les États-Unis, plein d'enthousiasme et la tête farcie d'idées généreuses sur la grande Fraternité des Peuples, si on m'avait dit que j'allais tout simplement me jeter dans les griffes d'un damné dictateur...

— Permettez! Vous vous avancez beaucoup. Vous ne savez rien de sûr!

— Ces choses-là, ça se sent!

— Ah?

Presque aussitôt, Hilary ajouta :

— Je suis rudement contente que vous soyez ici!

Il la regarda, l'air un peu ironique.

— Oui, reprit-elle, rougissant légèrement. Vous êtes si aimable et si... ordinaire.

Il sourit, amusé.

— Ordinaire?... Dans mon pays, ça signifie plutôt bête, vous savez?

— Vous pensez bien que ce n'est pas ça que j'ai voulu dire, mais simplement que... que vous êtes comme tout le monde, quoi!... N'allez pas non plus prendre cela en mauvaise part. Je veux dire...

— Que je suis un homme normal, j'ai bien compris. Les génies, en somme, vous en avez par-dessus la tête?

— Exactement. Et puis, depuis que nous sommes ici, vous avez changé!... Vous étiez amer, rempli de haine...

Le visage de l'Américain se rembrunit.

— Vous vous trompez!... Cette haine, elle est toujours là, cachée! Je suis toujours capable de haïr. Et, croyez-moi, il y a des choses *qu'il faut haïr!*

2

La réunion annoncée par Miss Jennson eut lieu dans la grande salle de conférences, après le dîner.

Y assistaient tous ceux qui vivaient à l'Unité, à l'exception de ce qu'on pourrait appeler le personnel « ouvrier », c'est-à-dire : les garçons de laboratoire, les demoiselles du corps de ballet, les domestiques et les quelques beautés professionnelles qui menaient, dans un quartier spécial de l'Unité, une existence discrète, monotone et dorée.

Assise à côté de Betterton, Hilary attendait avec curiosité que le grand directeur parût sur l'estrade. Elle avait demandé à Tom des renseignements sur cette personnalité quasi mystique, mais sa réponse l'avait déçue.

— Il n'a l'air de rien, lui avait-il dit, mais c'est un type formidable. Je ne l'ai vu que deux fois. On sent tout de suite que c'est quelqu'un. Seulement, *pourquoi*, je ne serais pas fichu de le dire!

D'après la façon révérencieuse dont elle avait entendu parler du personnage, par Miss Jennson et par d'autres, Hilary s'était fait de lui une image assez précise. Elle le voyait grand, avec un collier de barbe blonde et tout de blanc vêtu. Elle fut assez surprise, à son arrivée, de constater qu'il était plutôt de petite taille et lourdement bâti. Agé d'une quarantaine d'années, brun de peau et de cheveux, il manquait de distinction et aurait fort bien pu être un brave homme d'affaires des Midlands. Rien ne dénonçait sa nationalité. Il s'exprimait parfaitement en trois langues : anglais, français, allemand; passant aisément de l'une à l'autre, sans jamais répéter exactement ce qu'il disait auparavant.

— Avant tout, dit-il, permettez-moi de souhaiter la bienvenue aux collègues nouveaux qui sont venus se joindre à nous en ces derniers temps.

Il eut, pour chacun d'eux quelques mots élogieux. Après quoi, il parla de l'Unité, de ce qu'elle représentait, de ce qu'elle était et de ce qu'elle devait être dans l'avenir.

Essayant plus tard de se rappeler les mots qu'il avait employés, Hilary découvrit qu'elle était parfaitement incapable de les retrouver. Ou, plutôt, si elle les retrouvait, ils lui semblaient, entre-temps, s'être vidés de leur sens. Ils ne formaient plus des phrases lourdes de sagesse et de suc, mais des lieux communs, d'une ridicule platitude.

Hilary se souvint alors qu'une de ses amies, qui avait vécu en Allemagne les années précédant la guerre, lui avait raconté avoir eu, un jour, la curiosité d'assister à une réunion de « cet imbécile de Hitler » et qu'elle l'avait écouté, bouleversée et émue jusqu'aux larmes. Le lendemain, elle lut le discours : la pensée était faible, la forme plus encore. Hilary s'avoua qu'elle avait dû être victime de quelque sortilège du même genre. Malgré elle, elle s'était laissée prendre à l'éloquence du directeur...

S'exprimant sans aucune emphase, avec des mots très simples, il parla d'abord de la Jeunesse. De la Jeunesse, avenir de l'Humanité.

— Le règne de l'Argent s'achève. L'avenir, aujourd'hui, est entre les mains des jeunes et l'heure de l'Intelligence est venue! La Puissance n'est plus dans les richesses accumulées, mais dans les cerveaux des chimistes, des physiciens, des médecins. C'est dans les laboratoires que se poursuivent les travaux qui confèrent la Puissance! La Puissance de détruire! Celle qui permet de dire : « Inclinez-vous ou ne soyez plus! » Cette Puissance, elle ne doit pas être à telle nation ou à telle autre! Elle appartient à ceux qui la créent. Et c'est ce qui justifie l'existence de l'Unité! Vous venez de tous les points du globe. Avec vous, vous apportez, non pas seulement vos connaissances scientifiques, votre puissance créatrice, mais aussi la *Jeunesse!* Personne, ici, n'a plus de quarante-cinq ans. Le jour venu, nous créerons un trust, le Trust des Cerveaux, et l'avenir nous appartiendra. Nous commanderons aux capitalistes, aux rois, aux armées, à l'humanité entière! Nous donnerons au monde la *Pax Scientifica!*

Il poursuivit, écouté avec passion par un auditoire que la magie de son verbe dépouillait de toutes ses facultés critiques. Le discours terminé, Hilary quitta la salle, en proie à une profonde émotion. Autour d'elle, les yeux brillaient d'un éclat inaccoutumé. Ericsson était radieux.

Andy Peters entraîna Hilary vers les ascenseurs.

— Venez sur la terrasse! Nous avons besoin d'air.

Elle le suivit. Peters attendit d'être dans les jardins pour parler. Après avoir longuement respiré l'air de la nuit, il dit :

— Ça fait du bien!

Ils firent quelques pas sous les palmiers. Hilary restait silencieuse. Il la secoua gentiment.

— Alors, Olive, vous ne reprenez pas vos esprits?

Elle soupira.

— Ressaisissez-vous, que diable! Revenez sur terre! On vient de vous administrer quelques bonbonnes de gaz empoisonné, mais, quand vous aurez repris vos sens, vous vous apercevrez qu'on s'est fichu de vous! Ces boniments-là n'ont rien d'inédit!

— Pourtant, cet idéal dont il a parlé...

— Laissez tomber l'idéal et regardez les faits! Jeunesse et Intelligence, voilà le programme! Vous les avez vus, les représentants de la Jeunesse et de l'Intelligence? Helga Needheim, une sale égoïste! Torquil Ericsson, un rêveur éveillé! Barron, qui mettrait sa grand-mère au clou pour acheter des éprouvettes! Et moi-même, un type ordinaire, comme vous l'avez dit, capable de se débrouiller avec un microscope, mais qui ne saurait prétendre faire marcher un bureau et, à plus forte raison, le monde entier! Il y a aussi votre époux, qui est à bout de nerfs et qui meurt de peur! Je vous parle de ceux que nous connaissons le mieux, mais les autres sont pareils, du moins tous ceux que j'ai rencontrés. Dans le tas, il y a des génies, des types qui connaissent admirablement leur truc, mais que je ne vois guère dans le rôle de maître de l'Univers! Soyons sérieux, voulez-vous, et convenez que nous venons d'entendre une jolie collection de sottises et d'inepties!

Hilary s'assit sur un banc de ciment et se passa la main sur le front.

— Vous devez avoir raison. Pourtant... croyez-vous qu'il est sincère?

— Sincère ou pas, qu'est-ce que ça change? En fin de compte, c'est la même chose! C'est toujours un fou qui se prend pour le Bon Dieu!

— Ce doit être ça... Pourtant, il ne parle pas comme un insensé!

— C'est bien pour cela qu'il est dangereux! Sans ça, il ne posséderait pas les gens. Ce soir, il a bien failli m'avoir! Et il vous a eue! Si je ne vous avais pas kidnappée pour vous amener ici...

Changeant de ton brusquement, il ajouta :

— J'ai peut-être eu tort, d'ailleurs. Qu'est-ce que Betterton va dire? Il va sans doute trouver ça bizarre.

— Je ne crois pas. Il ne s'en apercevra même pas.

— Pardonnez-moi, Olive. Ce doit être terrible pour vous, de le voir dégringoler la pente...

Elle leva la tête vers lui.

— Il faut que nous partions d'ici! Il le faut.

— Nous partirons!

— Ce n'est pas la première fois que vous le dites... et nous en sommes toujours au même point.

— Erreur, ma chère. J'ai travaillé...

Elle le regarda, surprise.

— Il ne s'agit pas encore d'un plan d'évasion, reprit-il, mais seulement d'agitation. Il y a ici des mécontents, et beaucoup plus nombreux que notre *Herr Direktor* ne l'imaginerait. Dans le petit personnel, principalement. L'argent, le luxe, les femmes, ce n'est pas tout! Je vous répète, Olive, je vous tirerai d'ici.

— Et Tom également?

— Écoutez-moi, Olive, et croyez ce que je vous dis! Tom fera mieux de rester ici.

Après une courte hésitation, il ajouta :

— Il risque moins ici qu'ailleurs.

— Il risque moins?

— C'est bien ce que j'ai dit.

Elle fronça le sourcil.

— Je ne comprends pas. Tom n'est pas... Vous ne voulez pas dire qu'il n'aurait plus toute sa raison?

— Pas le moins du monde! Il est fatigué, déprimé, mais je suis sûr qu'il est aussi sain d'esprit que nous pouvons l'être, vous et moi.

— Alors, pourquoi dites-vous qu'il risque moins ici?

Il répondit, très lentement :

— Dans une cage, Olive, on est en sécurité.

— N'allez pas vous mettre à dire des choses comme ça, vous aussi! Vous n'allez pas vous laisser persuader qu'on est bien ici! Quand on est en prison, la révolte, c'est *un devoir!* Il faut vouloir sa liberté!

— Je sais, mais...

— Tom, je puis vous le certifier, veut s'évader. Il le veut désespérément!

— Il se peut que Tom ne sache pas où est son véritable intérêt.

Hilary se souvint de ce que Tom lui avait laissé entendre. S'il avait livré des informations qu'on pouvait considérer comme des secrets d'État, la loi permettait de le poursuivre et de le condamner. C'était à cela, sans doute, que Peters faisait allusion. Mais, aux yeux de Hilary, la prison même était préférable à l'Unité. D'une voix ferme, elle dit :

— Il faut absolument que Tom s'en aille aussi!

— Comme vous voudrez! répondit-il. Je vous ai prévenue. Mais du diable si je comprends pourquoi vous lui portez tant d'intérêt!

Elle le regarda avec stupeur. Des mots venaient à ses lèvres, qu'elle ne prononça pas. Pouvait-elle lui dire que Tom n'était rien pour elle, qu'elle ne veillait sur lui que parce qu'elle se sentait liée par une promesse faite à une morte et que, s'il était quelqu'un qu'elle aimait, ce n'était pas Tom, mais *lui, Andrew?*

3

— Alors, avez-vous passé quelques instants agréables, avec votre charmant Américain?

C'est par ces mots que Tom Betterton accueillit Hilary quand elle rentra. Il fumait, allongé sur son lit. Elle rougit.

— Nous sommes arrivés ici ensemble, répondit-elle, et nous voyons de même sur bien des choses.

Il se mit à rire.

— Mais, Olive, je ne vous fais pas de reproches!

Puis, la regardant pour la première fois avec un sympathique intérêt, il ajouta :

— Vous savez que vous êtes très jolie, Olive?

C'était elle qui, dès le début, lui avait demandé de l'appeler par le prénom de sa femme.

— Très jolie, poursuivit-il, continuant à l'examiner du regard. Autrefois, je m'en serais aperçu tout de suite. Mais ces choses-là, maintenant, on dirait que je ne les remarque plus!

— C'est peut-être mieux comme ça!

— Peut-être. Pourtant, autrefois, j'étais un homme comme les autres. Dieu sait, aujourd'hui, ce que je suis devenu!

Elle s'assit près de lui.

— Voyons, Tom, qu'est-ce qui ne va pas? *Il faut* me le dire.

— Je vous l'ai dit. Je n'arrive plus à concentrer ma pensée. Comme scientifique, je suis lessivé. C'est cette prison...

— Mais les autres, la plupart d'entre eux du moins, résistent, tiennent le coup!

— Ils réagissent autrement que moi, voilà tout.

Il y eut un silence.

— Ce qu'il vous manque, reprit-elle, c'est un ami, un vrai!

— J'ai Murchinson, bien qu'il soit assez renfermé. Et, depuis peu, Torquil Ericsson.

— Ericsson?

Elle semblait étonnée.

— Oui. C'est un type extrêmement brillant. Je donnerais cher pour être aussi intelligent que lui!

— Moi, dit Hilary, je le trouve bizarre. Il me fait un peu peur.

— Torquil? Un gars qui est la douceur même! Un enfant, par bien des côtés. Il ne connaît rien du monde...

— Possible! Mais il me fait peur.

— Ce sont vos nerfs qui vous lâchent, Olive!

— Ça viendra sans doute, mais je n'en suis pas encore là. Croyez-moi, Tom, méfiez-vous de Torquil Ericsson!

Il la regardait avec une certaine stupeur.

— Mais pourquoi, Olive?

— Je ne sais, dit-elle. Une idée que j'ai...

CHAPITRE XVII

1

Leblanc haussa les épaules.

— Ils ont quitté l'Afrique, c'est certain!

— Pas certain!

— Disons probable. Après tout, leur destination définitive, nous la connaissons! Nous sommes bien d'accord?

— Si leur voyage doit se terminer où nous pensons, pourquoi partir d'Afrique? L'Europe était plus indiquée.

— C'est exact. Seulement, il y a un autre aspect de la question. Irait-on jamais imaginer que le rassemblement aurait lieu en Afrique et que c'est de là-bas qu'on prendrait le départ?

— Ça ne me paraît pas convaincant.

Insistant gentiment, Jessop poursuivit :

— De plus, seul un petit avion a pu se poser sur ce terrain. Il lui aurait fallu refaire du carburant avant de franchir la Méditerrannée et, quel que soit l'endroit où il aurait rempli ses réservoirs, nous aurions retrouvé sa trace.

— Nos hommes ont cherché partout.

— Ceux qui opérent avec les compteurs Geiger ne peuvent pas ne pas arriver à un résultat. Le nombre des appareils à examiner n'est pas tellement considérable. Une trace de radioactivité et notre avion est identifié...

— A condition que votre agent ait pu suivre vos instructions!

Jessop ne voulait pas perdre confiance.

— Nous réussirons, dit-il. Je me demande, toutefois...

— Quoi donc?

— Nous avons présumé qu'ils montaient vers le Nord, vers la Méditerrannée. Et s'ils se sont dirigés *vers le Sud?*

— *Où* seraient-ils allés? Il n'y a, par là, que les montagnes du Haut Atlas et, au-delà, les sables du désert...

2

— Sidi, vous me jurez que vous tiendrez votre promesse? J'aurai un poste d'essence en Amérique, à Chicago? C'est sûr?

— C'est sûr, Mohammed. A condition, bien entendu, que nous sortions d'ici.

— Le succès dépend de la volonté d'Allah!

— Alors, espérons qu'Allah veut que tu aies un jour un poste d'essence à Chicago. Au fait, pourquoi Chicago?

— Sidi, le frère de ma femme est allé en Amérique et il a un poste d'essence à Chicago. Est-ce que je vais, moi, rester jusqu'à la fin de mes jours dans ce pays arriéré? Je ne manque de rien, ici, mais ce n'est pas la vie moderne, ce n'est pas L'Amérique!

Peters regarda pensivement son interlocuteur, un Noir, de belle allure dans sa longue robe blanche.

— Je ne sais si ta décision est sage, dit-il, mais je maintiens ma promesse. Naturellement, si nous sommes découverts...

Mohammed sourit, montrant entre ses lèvres épaisses deux magnifiques rangées de dents d'une blancheur éclatante.

— Pour moi, ce sera la mort, certainement. Pour vous, ce n'est pas sûr, Sidi. Vous, vous êtes une valeur!

— On tue assez facilement par ici, n'est-ce pas?

Mohammed haussa les épaules avec mépris.

— La mort, c'est si peu de chose! Là encore, il en va selon la volonté d'Allah!

— Tu sais ce que tu dois faire?

— Je le sais, Sidi. Le soir tombé, je vous conduis sur la terrasse. Je dois aussi mettre dans votre chambre des vêtements semblables aux miens et à ceux des autres serviteurs. Après, il y aura d'autres instructions.

— Parfait. Maintenant, ramène-moi en bas! Il se pourrait

que quelqu'un remarque que, depuis un moment, cet ascenseur ne fait que monter et descendre.

3

On dansait. Andry Peters valsait avec Miss Jennson. Il la tenait serrée contre lui et lui parlait à l'oreille. Passant près de Hilary, il lui sourit, avec un clin d'œil qui manquait totalement de distinction. Hilary, se mordant la lèvre pour ne pas éclater de rire tourna vivement la tête, pour regarder ailleurs. Elle aperçut, de l'autre côté de la salle, Tom Betterton, qui barvardait avec Torquil Ericsson. Son visage se renfrogna.

— Vous m'accordez cette danse, Olive!

C'était Murchinson.

— Bien sûr, Simon!

— Je vous préviens que je ne suis pas un champion...

Hilary s'appliqua à éviter que son danseur ne lui marchât sur les pieds.

— Vous avez une bien jolie robe!

Olive sourit. Non seulement Murchinson dansait mal, tout en se dépensant avec une extraordinaire énergie, mais sa conversation semblait sortir d'un roman à la mode d'autrefois.

— Vous trouvez? dit-elle. Je suis contente qu'elle vous plaise.

— C'est ici que vous l'avez eue?

— Naturellement.

Murchinson soufflait un peu, mais il avait trop d'éducation pour laisser tomber le dialogue.

— Il faut reconnaître, reprit-il, que nous sommes ici fort bien traités. Je le disais encore à Bianca l'autre jour, malgré leur Sécurité Sociale, les Anglais peuvent nous envier. Pas de soucis d'argent, pas d'impôts, pas de loyers, pas de dépenses d'entretien! Aucun ennui. Pour une femme, c'est la vie rêvée!

— C'est l'opinion de Bianca, j'imagine?

— Les premiers temps, ça n'allait pas! Mais maintenant qu'elle s'occupe de deux ou trois comités, et qu'elle peut organiser des conférences, ça va mieux. Elle regrette un peu que ces initiatives vous intéressent moins qu'elle n'espérait...

— Je n'ai jamais eu le goût des... mondanités.

— C'est entendu! Mais il faut bien que les femmes se distraient, qu'elles s'occupent. La femme moderne ne peut rester oisive. Je sais d'ailleurs que, Bianca et vous, vous avez fait un grand sacrifice en venant ici. Vous n'êtes pas des scientifiques, Dieu merci!... Je le disais hier à Bianca, en parlant de vous : « Donne à Olive le temps de s'acclimater! » Il faut se faire à la vie qu'on mène ici. Au début, on éprouve la sensation d'être enfermé, on ferait un peu de claustrophobie. Mais ça passe!

— Vous croyez?

— Plus ou moins vite. Il y a des gens qui ne s'habituent pas. Tom a l'air sombre, ces temps-ci. Au fait, où est-il ce soir, ce brave Tom?... Ah! voilà là-bas, avec Ericsson! Ils deviennent inséparables, ces deux-là!

— Je le regrette. Je veux dire que je n'aurais pas cru qu'il y eût entre eux tant d'affinités.

— Votre époux semble avoir fait la conquête du jeune Torquil, celui-ci le suit partout!

— Je l'ai remarqué déjà et je me demande ce qu'il lui veut.

— Je suppose qu'il veut tout simplement lui exposer ses théories. Ça le soulage! Moi, je suis pour lui un très mauvais auditeur. Vous savez que son anglais n'est pas fameux. Tom l'écoute, lui, et je veux croire qu'il s'arrange pour comprendre ce qu'il lui raconte.

La danse prenait fin. Andy Peters demanda à Hilary de lui réserver la suivante.

— J'ai vu que vous avez fait acte de dévouement, dit-il. Il vous a beaucoup piétiné les orteils?

— Pas tellement. Je me méfiais.

— Vous m'avez vu au travail?

— Avec la Jennson?

— Oui. Je crois pouvoir dire, sans fausse modestie, que, dans ce secteur particulier, je me suis brillamment imposé. Ces filles laides, maigres et myopes, répondent tout de suite quand on leur applique le traitement convenable.

— Vous donniez l'impression d'être très amoureux d'elle.

— Il fallait ça! Elle peut nous rendre de grands services, si nous savons la manœuvrer. Ici, elle est au courant de tout. C'est ainsi qu'elle m'a appris qu'on attend pour demain la visite de quelques personnages d'importance : des médecins, de hauts fonctionnaires du gouvernement, des ministres peut-être, et deux ou trois richissimes clients...

— Vous pensez qu'on aurait une chance de...

— Non, Olive. *Les dispositions sont prises,* je parierais, et il vaut mieux ne pas se faire d'illusions là-dessus. Seulement, nous saurons désormais comment ces visites se passent et, à la prochaine occasion, il y aura peut-être moyen de faire quelque chose. Aussi longtemps que je tiendrai la Jennson bien en main, je tirerai d'elle toutes sortes d'informations, dont certaines peuvent être précieuses.

— Ces gens qui vont venir, que savent-ils?

— *De nous...* je veux dire, de l'Unité? Rien du tout. C'est du moins, ce que j'ai compris. Ils viennent inspecter le centre médical et les laboratoires de recherches. Comme on a pris soin de construire l'Unité comme un labyrinthe, il est difficile de se faire une idée de ses dimensions et on peut en visiter une partie sans soupçonner celles qu'on vous cache. Je crois savoir qu'il existe des cloisons amovibles qui permettent d'isoler notre quartier.

— Tout ça semble *incroyable!*

— Oui. La moitié du temps, on se dit que ce n'est pas possible, qu'on doit rêver. Avez-vous remarqué, entre autres choses invraisemblables, qu'ici il n'y a pas d'enfants? Heureusement, d'ailleurs. Vous devez vous féliciter de ne pas en avoir?

Depuis un instant, ils dansaient. Hilary ferma les paupières A ce signe, à la soudaine raideur du corps de la jeune femme aussi, Andy comprit qu'il venait d'avoir une parole malheureuse.

— Pardonnez-moi! dit-il.

Ils quittèrent la piste de danse et s'assirent dans un coin de la salle.

— Je suis navré, reprit-il. Je vous ai fait de la peine, n'est-ce pas?

— Vous ne pouviez pas savoir... J'avais une petite fille, elle est morte...

— Vous aviez une fille? s'écria-t-il, très surpris. Je croyais que, Betterton et vous, vous n'étiez mariés que depuis six mois!

Hilary sentit ses joues rosir.

— C'est exact. Mon premier mariage s'est terminé par un divorce...

— Je comprends...

Après un silence, il ajouta :

— Le plus empoisonnant, ici, c'est qu'on ne sait rien du passé des gens avec lesquels on vit! Alors, on va, on va et, naturellement, on gaffe! A la réflexion, si drôle que cela puisse paraître, je ne sais rien de vous!

— Je puis en dire autant! Je ne sais ni où vous avez été élevé, ni qui étaient vos parents, ni...

— Je vais vous renseigner. J'ai grandi dans un milieu scientifique et je pourrais dire que mes biberons furent des éprouvettes. A la maison, il n'y avait que des savants. Moi, je faisais un peu tache. Le génie était ailleurs.

— Où exactement?

— Une fille. Extrêmement brillante. Elle aurait été une autre Mme Curie.

— Qu'est-elle devenue?

D'une voix brève, il dit :

— Elle est morte.

Hilary pensa qu'il s'agissait de quelque tragédie de guerre.

— Vous l'aimiez bien?

— Plus que personne au monde.

S'animant, il poursuivit :

— Mais laissons cela! Nos ennuis présents nous suffisent amplement! Regardez-moi notre ami norvégien! A part les yeux, on dirait qu'il est en bois! Et admirez le salut! Bien raide, bien sec! Comme tiré par une ficelle.

— C'est parce qu'il est grand et mince!

— Il n'est pas tellement grand. Il a ma taille : un mètre soixante-dix-huit, un mètre quatre-vingts, pas plus!

— La taille, c'est trompeur!

— Comme les signalements portés sur les passeports. J'imagine celui d'Ericsson : un mètre quatre-vingts, cheveux blonds, yeux bleus, visage allongé, l'air en bois, nez moyen, bouche ordinaire. Y ajouteriez-vous, ce qui ne se trouve pas sur les passeports, qu'il parle l'anglais correctement, mais avec un fort accent, ça ne suffirait encore pas pour vous donner une idée vraiment exacte du bonhomme, tel qu'il est réellement! Mais qu'avez-vous?

— Rien.

L'œil fixe, elle regardait Ericsson, à l'autre bout de la salle. Le signalement qu'elle venait d'entendre, ce n'était pas seulement celui de Torquil, c'était aussi celui de Boris Glydr!

Presque mot pour mot celui que Jessop lui avait donné! Était-ce donc pour cela qu'elle ne se sentait jamais à l'aise avec Ericsson?

Brusquement, elle se tourna vers Andy.

— Cet Ericsson, ce ne serait pas quelqu'un d'autre?

Il sourit, un peu surpris.

— Qui voudriez-vous qu'il fût?

— Je ne sais pas. Il pourrait être quelqu'un se faisant passer pour Ericsson.

Il fit la moue.

— Difficile. Ericsson est un savant authentique, et il est connu.

— Ici, personne n'a l'air de l'avoir jamais rencontré auparavant. D'ailleurs, il pourrait être Ericsson et aussi quelqu'un d'autre!

— Un type qui aurait eu une double vie? C'est possible, mais, à mon avis, peu probable.

— Vous devez avoir raison. C'est peu probable!

Hilary admettait du bout des lèvres, Ericsson n'était pas Boris Glydr. Mais alors, pourquoi Olive Betterton tenait-elle tant à faire savoir à Tom qu'il devait se méfier de Boris? Elle savait évidemment que Boris *était en route,* qu'il se dirigeait vers l'Unité. En somme, l'homme qui s'était donné à Londres comme étant Boris Glydr, rien ne prouvait *qu'il était vraiment Boris Glydr!* Il aurait fort bien pu être Torquil Ericsson. Les deux hommes avaient pratiquement le même signalement. Et, depuis son arrivée à l'Unité, Ericsson ne s'occupait que de Tom. Le personnage était dangereux, Hilary n'en doutait pas. Ses yeux, d'ailleurs, le trahissaient avec leur regard trop pâle...

Cependant, la danse avait cessé et toutes les têtes se tournaient vers l'estrade de l'orchestre, sur laquelle venait d'apparaître le Dr Nielson, représentant et porte-parole de la direction. Il se campa derrière le microphone, réclama le silence pour une annonce et dit :

— Mesdames, mes chers amis, mes chers collègues! Vous passerez la journée de demain dans les bâtiments dits de l'Aile d'urgence. Un appel aura lieu à onze heures du matin, dans la grande salle de conférence. La direction regrette les mesures qu'elle est dans l'obligation de prendre, mais celles-ci ne seront appliquées que vingt-quatre heures durant. Des affichettes, placardées aux endroits habituels, vous fourniront les détails complémentaires.

Il salua et se retira en souriant. L'orchestre se remit à jouer.

Andrew Peters se leva.

— Je vais réattaquer la Jennson. Je suis curieux de savoir ce que c'est que cette Aile d'urgence.

Hilary le laissa partir sans un mot. Elle pensait à autre chose. N'était-il pas possible, malgré tout, que Torquil Ericsson ne fût autre que Boris Glydr ?

4

A onze heures, le lendemain, tout le monde se trouvait réuni dans la grande salle de conférence. Chacun ayant répondu à l'appel de son nom, on se mit en route. Les couloirs succédaient aux couloirs, avec des détours imprévus. Hilary, qui marchait au côté de Peters, remarqua qu'il avait au creux de la main une boussole minuscule.

— J'aimerais autant savoir, lui souffla-t-il, si nous allons au nord ou au sud. Pour le moment, ça ne nous avance pas, mais ça peut servir.

On s'arrêta devant une porte. Peters tira de sa poche son étui à cigarettes. Immédiatement, la voix de Van Heidem s'éleva :

— Ne fumez pas, s'il vous plaît ! On vous l'a déjà demandé.

— Excusez-moi ! dit Peters.

Il garda son étui à la main et l'on se remit en marche.

— Comme un troupeau ! murmura Hilary.

— Oui, lui dit Peters d'une voix qui s'entendait à peine, mais comme un troupeau dans lequel il y a sans doute des moutons enragés...

Elle lui sourit.

La colonne se divisa en deux groupes, les hommes étant invités à se diriger à droite, les femmes à gauche, les unes et les autres vers des dortoirs qui faisaient songer à des salles d'hôpital. Des rideaux en matière plastique assuraient à chaque lit un isolement relatif. Il y avait une petite armoire près de chaque lit.

— Tout cela est très simple, dit Miss Jennson, mais acceptable. Les douches sont là-bas dans le fond. Et, au-delà de cette porte, vous avez la salle commune.

C'est là que tout le monde se retrouva peu après. L'endroit n'était pas désagréable. On y trouvait des livres, un bar et des fauteuils. La journée passa agréablement, coupée par une séance de cinéma, avec projection sur un écran portatif. La salle était éclairée « à la lumière du jour », de sorte qu'on ne remarquait pas trop qu'elle n'était pas pourvue de fenêtres. Vers le soir, quelques ampoules supplémentaires s'allumèrent, qui modifièrent la qualité de la lumière.

— Pas bête, fit remarquer Peters. Comme ça, on se rend moins compte qu'on est emmuré!

Hilary songeait avec désespoir à leur impuissance à tous. Non loin d'eux, il y avait des gens venus du monde où l'on était libre. Et il leur était impossible de communiquer avec eux! Comme toujours, *ils* avaient songé à tout!

Peters était assis près de Miss Jennson. Hilary proposa aux Murchinson une partie de bridge. Tom Betterton refusa de jouer, mais le Dr Barron accepta de faire le quatrième.

A sa grande surprise, Hilary prit plaisir au jeu.

Il était onze heures et demie quand le troisième robre s'acheva. Elle gagnait. avec le Dr Barron.

— Je me suis bien amusée, dit-elle.

Elle regarda sa montre et ajouta :

— Il est tard. Je suppose que les huiles sont parties. A moins qu'elles ne passent la nuit ici.

— Je ne sais pas, dit Simon Murchinson. J'imagine qu'il y a dans le nombre un ou deux spécialistes qui tiendront à rester. En tout cas, ils seront tous partis demain à midi.

— Et c'est alors que nous serons remis dans la circulation?

— Oui. Ce ne sera pas trop tôt! Tout ce branle-bas désorganise votre travail...

Bianca se leva. Hilary l'imita. Elles souhaitèrent bonne nuit aux deux hommes et se dirigèrent vers le dortoir. Bianca marchait devant, dans la salle maintenant faiblement éclairée. Hilary sentit une main se poser sur son avant bras. Elle se retourna. Un serviteur noir était devant elle, qui lui dit, en français :

— Voudriez-vous me suivre, madame?

— Vous suivre? Pour aller où?

— Je vous en prie, madame.

Il avait parlé très bas. Elle le regarda, hésitant sur ce qu'elle devait faire. Bianca avait disparu. Dans la salle, les quelques personnes qui restaient bavardaient, sans faire attention à elle. De nouveau, le Noir lui toucha le bras.

— Venez, madame!

Elle eut une dernière hésitation, puis elle obéit. Il la précédait de quelques pas. Elle remarqua qu'il était plus richement vêtu que la plupart des domestiques indigènes. Sa robe portait de magnifiques broderies d'or.

Il la fit passer par une petite porte qui ouvrait sur un long couloir. Un instant, elle essaya de s'orienter. Elle y renonça bientôt, posant alors une question que son guide fit mine de ne pas entendre. Il s'arrêta enfin, devant un mur tout blanc, et pressa sur un bouton qu'elle n'avait pas vu. Un panneau glissa, révélant une étroite cabine d'ascenseur, dans laquelle ils entrèrent.

— Où me conduisez-vous? demanda-t-elle, comme l'appareil commençait à s'élever.

— Chez le Maître, madame. C'est un grand honneur.

— Vous voulez dire « chez le directeur »?

— Chez le Maître, madame.

L'ascenseur s'immobilisa. Le Noir ouvrit la porte. Elle sortit de la cabine. Un long couloir encore, puis une porte. Il frappa. On ouvrit de l'intérieur. Un autre serviteur indigène, lui aussi somptueusement vêtu — robe blanche et broderies d'or — s'inclina devant Hilary et lui fit signe de le suivre.

Derrière lui, elle traversa une antichambre, luxueusement décorée dans le sytle oriental. Le domestique écarta un rideau. Hilary avança d'un pas. La pièce où elle pénétrait était discrètement éclairée. Elle ne vit, tout d'abord, que les tapis aux chaudes couleurs qui pendaient le long des murs. Elle distingua ensuite une petite table basse et, derrière, assis sur un divan, un personnage qu'elle regarda avec effarement, comme doutant de ses yeux. Son vieux visage jaune et ridé lui souriant.

C'était M. Aristidès!

CHAPITRE XVIII

— Asseyez-vous, chère madame.

De sa petite main sèche et griffue, M. Aristidès désignait à Hilary un autre divan, tout près du sien. Comme en un rêve, elle s'assit. Il eut un petit rire de gorge.

— Vous êtes surprise, n'est-ce pas ? Vous ne vous attendiez pas à me trouver ici ?

— J'avoue que je n'aurais jamais pensé...

Elle ne mentait pas, mais déjà elle était revenue de son étonnement. Ce monde irréel dans lequel elle vivait depuis quelques semaines, elle commençait à comprendre que, s'il lui avait paru *irréel*, c'était pour la meilleure des raisons, car irréel, il l'était. Irréelle, cette Unité qui était tout autre chose que ce qu'elle prétendait être. Irréel, ce Herr Direktor, à la creuse éloquence, qui n'était là que pour masquer la vérité. La vérité, elle était ici, dans le secret de ce décor oriental. C'était ce petit vieillard qui ricanait doucement. Avec M. Aristidés dans le tableau, tout prenait un sens. On était dans la réalité. La plus dure, la plus implacable, la plus féroce.

— Maintenant, dit-elle, je comprends... Ici, tout vous appartient ?

— Oui, madame.

— Et le directeur ? Le soi-disant directeur ?

— Il est très bien, déclara M. Aristidès. Je le paie très cher. Autrefois, il organisait des meetings revivalistes...

Il tira quelques bouffées de sa cigarette. Hilary gardait le silence.

— Je suis un philantrope, reprit-il. Ainsi que vous le savez, je suis riche. Très riche, peut-être l'homme le plus riche du monde. Et je considère que mon immense fortune me crée des devoirs envers l'humanité. C'est ainsi que j'ai fondé, en ce point perdu du globe, une colonie de lépreux et un centre de recherches microbiennes. Certains types de lèpre sont curables. D'autres ont jusqu'à présent résisté à tous les traitements, mais nous n'en continuons pas moins à travailler, avec de bons résultats. La maladie n'est point de celles qui se transmettent facilement. Elle est beaucoup moins contagieuse, par exemple, que la variole, le typhus ou la peste. Pourtant, quand vous parlez aux gens d'une colonie de lépreux, ils sentent un frisson leur courir dans le dos. Survivance d'une peur millénaire, à laquelle il est fait allusion dans la Bible. Elle m'a servi.

— C'est à cause de cette peur qu'il y a ici une léproserie ?

— Oui. Nous avons également ici un centre de recherches sur le cancer et des spécialistes qui s'occupent de la tuberculose. En ce qui concerne les études poursuivies sur les virus microbiens, encore qu'elles aient un objet purement médical, je n'affirmerais pas qu'elles tendent toutes à améliorer le sort de l'humanité. Quoi qu'il en soit, des savants éminents, des chimistes, des médecins, des chirurgiens, nous rendent visite de temps à autre. Il en est venu aujourd'hui, vous le savez. Les bâtiments sont construits de telle sorte qu'il en est toute une partie qui demeure invisible, même pour un aviateur qui ne peut que la survoler sans même deviner son existence. Nos laboratoires les plus secrets sont installés dans des galeries creusées dans le roc. N'oubliez pas, d'ailleurs, que je suis au-dessus de tout soupçon !

Avec un sourire, il ajouta :

— Je suis si riche !

— Mais, demanda Hilary, pourquoi cette volonté de destruction ?

— Cette volonté de destruction, madame ? Vous me jugez mal ! Je ne veux rien détruire.

— Alors, je ne comprends pas.

— Je suis, reprit M. Aristidès, un homme d'affaires et un collectionneur. Quand on a amassé une fortune telle qu'on ne sait plus comment l'employer, on se met à la collection. J'ai commencé par des objets : des tableaux, des céramiques, des timbres. Mais le jour vient vite où une collection, quelle qu'elle soit, n'est plus susceptible de s'enrichir encore. Je l'ai constaté à différentes reprises et c'est ce qui m'a amené à collectionner *des intelligences!*

— Des intelligences?

— Oui. C'est extrêmement intéressant, croyez-moi! Peu à peu, je rassemble ici les grands cerveaux de tous les pays du monde, les *cerveaux jeunes,* ceux qui sont riches de promesses et de possibilités. Un jour, les nations s'apercevront avec stupeur que tous les savants sont vieux et épuisés, et que toutes les jeunes intelligences du globe sont réunies ici, sous ma direction. A ce moment-là, si elles ont besoin d'un homme de génie, c'est à moi qu'elles devront s'adresser. Et *je le leur vendrai!*

Hilary écoutait, stupéfaite.

— Si je comprends bien, demanda-t-elle, il ne s'agit que d'une gigantesque opération financière?

M. Aristidès sourit d'un air amusé.

— Naturellement. Sinon, la chose n'aurait aucun sens.

Hilary poussa un profond soupir.

— Après tout, poursuivit-il, je suis un homme de finance, je fais mon métier!

— Mais alors l'affaire n'a pas un côté politique? Vous ne cherchez pas à régner sur le monde?

Il leva les deux mains dans un geste de refus.

— J'ai trop de religion pour souhaiter jamais me substituer à Dieu. Je laisse cette ambition aux dictateurs. Chez eux, c'est maladie courante. Jusqu'ici, je ne l'ai pas contractée...

Après quelques secondes de réflexion, il ajouta :

— Ça peut venir, mais heureusement je n'en suis pas encore là!

— Mais, reprit Hilary, comment vous y prenez-vous pour convaincre tous ces savants de venir ici?

— Ils sont sur le marché comme toute autre marchandise, madame, et je les achète. Avec de l'argent ou autrement. Les jeunes gens sont souvent des rêveurs éveillés. Ils ont un idéal, des convictions. Il y a aussi ceux à qui je procure simplement la sécurité, ceux qui sont recherchés par la justice.

— Voilà qui explique tout! s'écria Hilary. Je comprends maintenant des choses qui m'ont intriguée durant tout le voyage!

— Et quoi donc?

— La diversité de mes compagnons de route. Andy Peters, l'Américain, était de gauche, très nettement. Ericsson, au contraire, croyait au surhomme. Helga Needheim ne fait pas mystère de ses sympathies fascistes. Quant au Dr Barron...

Elle hésita.

— C'est l'argent qui l'a attiré, dit M. Aristidès. Barron est un cynique, revenu de tout, qui ne vit que pour ses travaux et qui, pour les continuer, a besoin de sommes considérables. Vous êtes très intelligente, madame. Je m'en suis aperçu à Fez. Vous ne vous en doutiez pas, mais je n'étais là que pour vous observer. Plus exactement, je vous avais fait venir à Fez, afin de pouvoir vous observer et c'est avec satisfaction que je me suis dit que vous vous rendiez ici. Car il n'y a pas ici beaucoup de personnes intelligentes avec qui je puisse bavarder. Entendez-moi bien! Ces savants, ces chimistes, sont fort remarquables, on peut les considérer comme des génies *dans leur patrie*, mais leur conversation est sans intérêt.

Pensif, il ajouta :

— Quant à leurs femmes, elles sont généralement bien banales. Nous ne tenons pas tellement à les voir ici. Je n'autorise leur venue que pour une seule et unique raison.

— Laquelle?

— Quand un homme n'arrive plus à s'acquitter de sa tâche correctement c'est parce que la pensée de sa femme est trop présente à son esprit. Cela s'est produit, me semble-t-il, pour votre mari. Betterton est tenu dans le monde entier pour une manière de génie. Pourtant, depuis qu'il est ici, il n'a fait que du travail médiocre. J'avoue qu'il m'a beaucoup déçu.

— Vous devez souvent éprouver des surprises de ce genre. Après tout, ici, les gens sont comme en prison! Ils doivent bien se révolter de temps en temps? Au moins, au début...

— C'est exact et la chose est, en somme, normale. Inévitable, en quelque sorte. L'oiseau aussi veut s'envoler, quand on le met en cage pour la première fois. Mais, si la volière est assez vaste, s'il a tout ce qu'il lui faut, un compagnon, de l'eau, du grain, des brindilles, à la longue il oublie qu'il a jamais connu la liberté!

— Vous m'effrayez! dit Hilary, profondément sincère.

— Ces idées, chère madame, finiront par vous paraître très naturelles. Tous ces hommes, qui arrivent ici d'horizons différents, avec des idéologies diverses, sont généralement désappointés de ce qu'ils trouvent et enclins à la rébellion. A la fin, ils sont tous tels que nous les souhaitons!

— En êtes-vous bien sûr?

— En ce monde, je vous l'accorde, on n'est jamais sûr de rien. Mais, à quatre-vingt-quinze pour cent de certitude, on a pratiquement une certitude!

Hilary se sentait la gorge sèche. Elle dit :

— Bref, vous avez réalisé ici un trust des cerveaux?

— Rien de plus exact.

— Et ce trust vous permettra, un jour ou l'autre, de pourvoir de savants le pays qui vous fera pour eux la meilleure offre?

— En gros, c'est assez ça!

— Mais ce savant que vous aurez vendu, qu'adviendra-t-il si, rendu au monde, il se refuse à travailler pour son nouveau maître? A ce moment-là, il sera libre!

— C'est juste, jusqu'à un certain point. Avez-vous entendu parler de la leucotomie, chère madame?

Hilary fronça le sourcil.

— C'est une opération qui intéresse le cerveau, je crois?

— Oui. Originairement, je m'explique en langage vulgaire et non en jargon médical, on a recours à elle pour délivrer un malade de ses obsessions homicides. Après l'opération, il est guéri, mais avec une volonté très sensiblement diminuée.

— Et je crois que l'opération ne réussit pas cent fois sur cent?

— C'était vrai autrefois, mais nous avons fait dans ce domaine de sérieux progrès. J'ai ici trois chirurgiens, un Russe, un Français et un Autrichien, qui, par une succession d'opérations délicates, peuvent graduellement amener un sujet à un état de docilité absolue, sans que ses facultés mentales soient entamées pour autant. L'homme reste un savant au cerveau intact, si j'ose dire, mais il accepte avec une docilité exemplaire toutes les suggestions qu'on veut bien lui faire.

— Mais c'est horrible!

D'une voix douce, il rectifia :

— C'est *utile!* Et, considérée sous un certain aspect, l'opération est bénéfique pour le patient. Il n'a plus de soucis, plus d'angoisses, son imagination ne le torture plus, il est heureux!

Hilary protesta.

— Vous ne me ferez pas croire qu'un homme, ainsi ramené à une sorte de vie purement animale puisse faire un travail de création d'une certaine valeur!

Aristidès haussa les épaules.

— Vous êtes intelligente, je le répète, et il se peut que vous ayez raison. Nous le saurons plus tard : les expériences continuent...

— Les expériences! Et vous les faites sur des hommes?

— Il y a toujours les inadaptables, ceux qui se refusent à toute collaboration. Il faut bien les utiliser!

Hilary enfonçait ses doigts dans le divan sur lequel elle était assise. Ce petit vieillard jaune et souriant lui faisait horreur. Et d'autant plus qu'il ne disait que des choses raisonnables et logiques! Il n'était pas fou. Il parlait en homme d'affaires, et pour lui, des humains pouvaient fort bien se transformer en un simple matériel expérimental.

— Vous ne croyez donc pas en Dieu? demanda-t-elle.

Il haussa les sourcils, comme si la question l'eût choqué.

— Je crois en Dieu, répliqua-t-il. Je vous l'ai déjà dit, je suis croyant. C'est Dieu qui m'a donné la puissance, en m'accordant la fortune... et la sagesse.

— Il vous arrive de lire la Bible?

— Certainement, chère madame!

— Vous rappelez-vous ce que Moïse et Aaron dirent au Pharaon? « *Laisse aller mon peuple!* »

— Ainsi, je suis le Pharaon? Et vous, vous êtes Moïse et Aaron, tout ensemble?... Soit! En l'occurrence, songez-vous à tous ceux qui sont ici ou faites-vous allusion à un cas particulier?

— C'est à vous que je pense!

— Vous vous rendez bien compte, chère madame, qu'il ne peut pas être question de ça! Pourquoi ne vous contentez-vous pas de plaider la cause de votre époux?

— Le fait est qu'il ne peut vous être d'aucune utilité, j'imagine que vous vous en êtes aperçu!

— Il m'a déçu, je vous l'ai dit. Je pensais que votre présence le transformerait, qu'il redeviendrait le brillant savant dont j'avais souhaité m'attacher les services, mais votre arrivée n'a rien changé. Je ne l'ai pas constaté moi-même, mais les rapports sont formels. Il s'applique, il fait du travail consciencieux, mais c'est tout ce qu'on peut dire...

— Il y a des oiseaux qui ne chantent pas en captivité. Pourquoi certains savants ne seraient-ils pas frappés de stérilité quand on les prive de leur liberté? L'hypothèse est plausible.

— Je ne le conteste pas.

— Alors, admettez que, dans le cas particulier de Thomas Betterton, vous vous êtes trompé et laissez-le partir !

— Difficile, chère madame. Le moment n'est pas encore venu de révéler au monde entier l'existence de cette organisation.

— Faites-lui jurer le secret ! Il jurera.

— Je n'en doute pas. Tiendrait-il parole ? C'est autre chose !

— J'en suis *convaincue !*

— Vous êtes sincère, mais vous êtes sa femme ! Votre témoignage est comme s'il n'existait pas.

Il se renversa sur ses coussins, appliqua les uns contre les autres les doigts de ses deux mains ouvertes et poursuivit, l'air songeur :

— Évidemment, s'il me laissait un otage, il n'est pas dit qu'il ne tiendrait pas sa langue !

— Ce qui signifie ?

— Que si vous restiez ici, *vous*, l'affaire pourrait s'arranger. Qu'en pensez-vous ?

Elle le regardait, mais il ne pouvait deviner les images qui défilaient devant les yeux de la jeune femme. Elle se revoyait dans une chambre d'hôpital, assise au chevet d'une agonisante. Et aussi, auprès de Jessop. Elle se remémorait les instructions qu'il lui avait données. La mission dont il l'avait chargée, ne serait-elle pas accomplie si Thomas Betterton recouvrait sa liberté, dût-elle pour cela sacrifier la sienne ? Elle avait, sur M. Aristidès, un avantage qu'il ne pouvait soupçonner. Il se figurait qu'elle était la femme de Thomas Betterton...

Levant la tête, elle regarda le vieil homme bien dans les yeux.

— Cette proposition, dit-elle, je l'accepterais !

Il sourit.

— Vous êtes, chère madame, une épouse courageuse, dévouée et aimante. Ce sont des qualités appréciables. Nous reparlerons de tout cela !

Hilary se cacha le visage dans les mains.

— Vous me torturez ! Je n'en puis plus !

La voix du vieillard se fit extraordinairement douce, presque caressante :

— Voyons, petite madame, calmez-vous et ne prenez pas les choses si à cœur ! Je me suis offert ce soir, le plaisir de vous entretenir de ce que je voudrais réaliser ici. Je voulais voir comment réagirait une jeune femme intelligente, équilibrée et ne manquant pas de bon sens. Vous êtes horrifiée. Malgré cela, je persiste à croire que j'ai eu raison de m'ouvrir à vous. Mes conceptions vous effraient, mais, quand vous les aurez examinées à tête reposée, vous reviendrez sur cette impression première et vous les trouverez parfaitement naturelles.

— Jamais! Jamais! Jamais!

— Je reconnais là cette passion qui anime les rousses! Ma seconde femme avait, comme vous, des cheveux de feu. Elle était très jolie et elle m'aimait. Bizarre, hein? Moi aussi, je l'aimais. J'ai toujours aimé les rousses et c'est un peu à cause de la magnifique couleur de vos cheveux que je vous trouve si sympathique. J'aime aussi votre tournure d'esprit, votre cran et le courage que vous avez de vos opinions. Malheureusement, les femmes en tant que femmes ne m'intéressent plus guère. Il y a ici quelques jeunes personnes de qui la compagnie m'est de temps à autre assez agréable, mais une amitié spirituelle est à mes yeux d'un autre prix. Croyez-moi, chère madame, j'ai été très heureux de m'entretenir avec vous!

— Et si j'allais répéter à... mon mari tout ce que vous m'avez dit?

Il la regarda, avec un sourire à la fois amusé et indulgent.

— Toute la question est de savoir si vous le ferez!

Elle rougit.

— Je... n'en sais rien.

— Il y a des choses que les femmes doivent garder pour elles, dit-il. Mais je ne veux pas insister... Vous êtes fatiguée, et un peu déçue. Nous nous reverrons. A ma prochaine visite, je vous ferai demander et nous causerons.

— Laissez-moi partir d'ici, je vous en supplie!

Elle avait joint les mains, dans un geste de prière. Il hocha la tête :

— Ne faites pas l'enfant! Comment voulez-vous que je vous accorde ce que vous me demandez? Est-ce que vous vous figurez que je tiens à ce que le monde entier sache ce que vous avez vu ici?

— Mais si je vous jurais que je ne parlerais pas?

— Je ne vous croirais pas! Je ne suis pas fou.

— Mais il n'est pas possible que je reste dans cette prison! Je veux m'en aller!

— Il faudrait savoir ce que vous voulez! Vous êtes venue ici pour retrouver votre mari. Vous l'avez! Alors?

— Je ne savais pas où j'allais!

— Vous vous imaginiez être en route pour Moscou. Est-ce que vous croyez que vous seriez mieux de l'autre côté du « Rideau de Fer »? Ici, vous avez tout ce que vous pouvez désirer! Un climat idéal, des distractions, du luxe...

Il se leva et, posant sa main sur l'épaule de Hilary, il conclut:

— Croyez-moi, le charmant petit oiseau que vous êtes s'habituera à sa nouvelle existence! Je ne vous donne pas deux ans pour vous trouver ici parfaitement heureuse...

CHAPITRE XIX

1

Hilary s'éveilla en sursaut au milieu de la nuit. Elle s'étaya sur un coude, écouta et appela Betterton.

— Tom, vous entendez?

— Oui. C'est un avion qui vole bas. Rien de grave. Ça arrive de temps en temps...

— Je me demandais...

Elle laissa sa phrase inachevée.

Tom se rendormit. Elle resta éveillée, revivant par la pensée la curieuse conversation qu'elle avait eue avec Aristidès. Le vieil homme s'était indiscutablement pris pour elle d'une certaine sympathie. Pouvait-elle spéculer là-dessus? Flatter ses sentiments pour obtenir qu'il la rendît au monde des hommes libres?

La prochaine fois qu'il la ferait appeler, elle l'amènerait à parler de nouveau de sa seconde épouse, cette rousse qu'il aimait tant. Les vieux aiment à se souvenir. Ainsi, l'oncle George, qui habitait Cheltenham...

Dans le soir, Hilary sourit, malgré elle. Pouvait-on faire un rapprochement entre l'oncle George et le richissime Aristidès! *A priori*, non. Pourtant, il y avait entre eux un point commun. L'oncle George s'était brouillé avec toute la famille parce qu'il avait, envers et contre tous, épousé une femme de ménage, pas jolie, mais possédant à ses yeux une qualité qui rachetait toutes ses imperfections : elle aimait l'entendre parler, elle ne se lassait pas de l'écouter.

Qu'avait-elle donc dit à Tom? « Je trouverai un moyen de partir d'ici. »

Elle se dit qu'il serait comique que ce moyen, ce fût Aristidès qui le lui fournît et elle se rendormit.

2

— Un message, dit Leblanc. Enfin!

Il déplia le papier qu'un agent venait de lui remettre, en prit connaissance et le rendit à Jessop.

— C'est le rapport d'un de nos pilotes de reconnaissance. Il a survolé un territoire du Haut Atlas et, dans une région de montagnes, il a repéré un signal lumineux, transmis du sol, à deux reprises successives. Un signal en morse : COGLEPRO-SERIESL.

Jessop lui ayant restitué le papier après y avoir jeté un coup d'œil, Leblanc le posa sur la table et commença par biffer au crayon les deux dernières lettres.

— SL, expliqua-t-il, dans notre code, ça signifie : « N'accusez pas réception! »

— Et, dans notre code *à nous,* ajouta Jessop, COG veut dire : « Attention, message! »

— D'où il suit, reprit Leblanc, soulignant d'un trait les lettres restant, que le message se lit : LEPROSERIE. Ça vous dit quelque chose?

— Léproserie? risqua Jessop.

— Ce qui voudrait dire?

— Il n'y a pas par ici une colonie de lépreux?

Leblanc étala sur le bureau une grande carte d'état-major, sur laquelle, d'un index jauni par la nicotine, il traça un cercle assez approximatif.

— Voici le secteur survolé par notre pilote. Voyons ça! Il me semble me rappeler...

Il sortit de la pièce, pour revenir presque aussitôt.

— Je crois que j'y suis! dit-il. Il y a, dans cette zone désertique, un centre de recherches médicales assez connu, fondé par quelques notables philanthropes. Il comporte une colonie de lépreux où l'on a fait, paraît-il, de l'excellent travail. Il y a également une sorte d'institut du cancer et un sanatorium pour les tuberculeux. Il s'agit d'une œuvre très sérieuse, de réputation internationale, patronnée par les plus hautes personnalités et même, si je ne m'abuse, par le président de la République française.

— Du beau travail, admit Jessop.

— L'institution est ouverte à tout le monde. Les médecins que ces recherches intéressent peuvent la visiter quand ça leur fait plaisir.

— Et on ne leur montre que ce qu'ils doivent voir! Rien de tel qu'une œuvre philanthropique pour camoufler un trafic douteux!

— Possible. Pourtant, ça m'étonnerait!

— Qui sait? A l'époque où nous sommes, une léproserie m'apparaît comme un anachronisme. La lèpre, aujourd'hui, on peut la soigner chez soi!

— Dans les pays civilisés. Mais en Afrique?

— Même en Afrique, les lépreux ne portent plus à leur cou une clochette invitant les passants à les fuir! L'idée de créer actuellement une colonie de lépreux me semble une offense au bon sens! Et j'imagine mal des médecins allant visiter une léproserie! Au fait, celle-là, à qui appartient-elle? Quels sont les soi-disant philanthropes qui l'ont fondée?

— Je vais me renseigner. Une minute et je reviens!

Leblanc quitta de nouveau la pièce. Il y reparut bientôt, un annuaire médical à la main.

— Il s'agit, dit-il, d'une entreprise privée, administrée par un groupe que préside le célèbre Aristidès, financier immensément riche, comme vous savez, et bienfaiteur de l'humanité par-dessus le marché. Il a créé des hôpitaux à Paris et à Séville. D'après ce que je vois, les autres membres bienfaiteurs de cette léproserie sont des gens qui siègent avec lui dans différents conseils d'administration.

— N'ergotons pas! L'affaire est à cet Aristidès. Et *Aristidès se trouvait à Fez en même temps que Olive Betterton!*

L'affirmation était lourde d'un sens qui ne pouvait échapper à Leblanc.

— Mais, s'écria-t-il, c'est fantastique, ce que vous avancez là!

— C'est fantastique!

— Je dirai même que c'est formidable!

— Je ne dis pas le contraire.

Leblanc, aussi agité que son collègue britannique pouvait être calme, poursuivit, avec de grands gestes :

— Ce que ça peut être formidable, vous ne vous en rendez pas compte, Jessop! Cet Aristidès, il est dans tout! Dans la coulisse, le plus souvent, mais avec la main haute sur tout! Tout l'intéresse : la banque, les armements, les transports, l'acier, le coton, tout! On ne le voit pas, c'est à peine si on entend parler de lui, il ne bouge pas du château qu'il a acheté je ne sais où en Espagne, il reste là, bien tranquille, de temps en temps il griffonne quelques mots sur un bout de papier qu'il jette par terre, un de ses secrétaires ramasse ça... et, quarante-huit heures plus tard, un banquier parisien ou londonien, à moins que ce ne soit bruxellois, se fait sauter la cervelle! Je n'exagère pas. C'est ainsi!

— Et ça vous étonne? demanda flegmatiquement Jessop. Moi, je ne trouve pas ça tellement surprenant. Les hommes d'État font des déclarations, les banquiers, installés dans de somptueux cabinets, les commentent et en ajoutent qui sont de leur cru, et, quand on sait ce qui se passe dans la coulisse, on n'ignore pas que tout cela n'est que de la mise en scène et que le véritable meneur de jeu est un petit bonhomme que personne ne connaît et qui tient tout le monde. Votre Aristidès, si nous avions été malins, il y a longtemps que nous l'aurions deviné! Nous aurions dû découvrir tout de suite que cette affaire n'avait rien de politique et qu'il ne s'agissait que d'une simple entreprise *commerciale*. Maintenant, nous sommes fixés. Reste à savoir ce que nous faisons!

Leblanc se gratta la nuque.

— Difficile à dire! déclara-t-il. Si nous nous trompons, j'aime mieux ne pas penser à ce qu'il se passera! Et, si nous avons vu juste, *il nous restera encore à le prouver!* L'enquête ne va pas être facile. Il va falloir la mener dans des milieux où il n'est pas simple de poser des questions et où l'on a vite fait une gaffe.

Il se tut, fourra ses deux mains dans ses poches et, très simplement, il ajouta :

— Seulement, cette enquête, *on va la faire!*

CHAPITRE XX

Quatre voitures s'arrêtèrent devant la grille. Les occupants de la première étaient un ministre français et un ambassadeur américain, ceux de la seconde un consul britannique, un député aux Communes et un haut fonctionnaire de la police. Il y avait, dans la troisième, deux membres d'un comité récemment créé par le roi d'Angleterre, et deux éminents journalistes. Chacun de ces distingués personnages était accompagné d'au moins un de ses collaborateurs. Le capitaine Leblanc et Jessop voyageaient seuls, dans la quatrième auto.

Le ministre, le premier, posa le pied sur le sol.

— Je veux, dit-il, espérer qu'on nous épargnera *tout contact* avec les malades.

Un de ses secrétaires le rassura : toutes les précautions étaient prises, on visitait la léproserie, mais les lépreux se tenaient à distance.

La grille ouverte, les voyageurs furent reçus par le directeur en personne, escorté d'une petite troupe de médecins et de chimistes.

— Et comment va mon cher ami Aristidès? demanda le ministre. Nous le verrons, j'imagine?

— Il est arrivé d'Espagne hier, répondit le directeur. Il vous attend, monsieur le ministre. Si vous voulez me suivre...

Le cortège défila entre deux rangées de lépreux, sagement alignés derrière des barbelés. L'Excellence, qui gardait sur les léproseries les idées d'un homme du Moyen Age, respira mieux.

M. Aristidès attendait ses hôtes dans un salon meublé dans le goût européen On échangea des politesses, tout en savourant les apéritifs glacés, servis par des domestiques vêtus à l'orientale.

— Vous êtes admirablement installé, dit un des journalistes à M. Aristidès.

— C'est vrai, reconnut le philanthrope. Et j'ajouterai, sans modestie, que je suis assez fier de cette institution. C'est mon chant du cygne! J'ai voulu léguer à l'humanité une œuvre exemplaire. Pour l'aménager, l'argent n'a pas compté!

— Rien de plus exact, déclara un médecin. Aucun de nous n'a rêvé de meilleures conditions de travail. Nous avons, aux États-Unis, quelques centres de recherches honorablement équipés, mais qui ne sauraient être comparés à ceux dans lesquels nous avons ici la bonne fortune de travailler Et, *ici,* nous obtenons des résultats!

— Je tiens, dit l'ambassadeur américain, à rendre hommage à ce succès de l'initiative privée!

— Dieu m'a aidé! murmura M. Aristidès, d'un air modeste.

Tassé dans son fauteuil, il faisait penser à un vieux crapaud jaune. Le député aux Communes se pencha vers son voisin, un des deux membres du comité institué par le roi d'Angleterre, et lui dit à l'oreille que M. Aristidès était, en fin de compte, un vivant paradoxe.

— Cette vieille crapule a ruiné des millions de personnes et, aujourd'hui, ne sachant que faire de l'argent qu'elle leur a volé, elle le leur restitue sans en avoir l'air!

L'autre, qui était remarquablement sourd, répondit que l'homme était « un animal merveilleux, susceptible de faire de grandes choses avec rien ».

Aristidès, cependant, annonçait à ses invités qu'un repas avait été préparé à leur intention.

— J'espère, ajouta-t-il, que vous lui ferez honneur. Votre amphitryon sera le Dr Van Heidem, car je suis au régime et je ne mange pour ainsi dire plus. Vous pourrez ensuite visiter nos installations...

Le voyage — deux heures d'avion et une heure d'auto — avait creusé les appétits. Des vins excellents accompagnaient une chère succulente et chacun se trouvait dans les meilleures dispositions quand la visite commença. Elle dura deux heures, qui parurent longues au ministre, vite lassé d'admirer des laboratoires où tout étincelait et d'écouter, avec un intérêt simulé, des explications scientifiques auxquelles il ne comprenait rien.

D'autres, plus curieux, essayaient sincèrement de se documenter sur les conditions de travail. Van Heidem répondait avec empressement à toutes leurs questions, soucieux, semblait-il, de montrer tout ce qu'il y avait à voir. Leblanc et Jessop pénétrèrent les derniers dans le salon-fumoir où la visite s'acheva. Ils se tinrent un peu à l'écart des autres, dans un coin éloigné de la pièce. Jessop en entrant, tira sa montre pour noter l'heure.

— Je n'ai rien remarqué de suspect, lui souffla Leblanc, de qui la voix, si bas qu'il parlât, trahissait l'inquiétude.

— Moi non plus! dit Jessop.

— C'est épouvantable! Si nous ne trouvons rien, c'est une catastrophe! Travailler des semaines pour organiser ce voyage et revenir bredouilles, ce serait une calamité! Pour moi, pas de doute ma carrière serait finie!

— Nous ne sommes pas encore battus! répliqua Jessop. Nos amis sont ici, j'en ai la conviction!

— Je n'ai rien vu qui vous permette de dire ça.

— C'est le contraire qui serait surprenant. Dans ces visites officielles, on vous montre ce qu'on veut bien vous montrer!

— Alors, comment prouver quoi que ce soit? Sans preuves, je vous le répète, personne ne bougera! Ils sont tous sceptiques, tous! Le ministre, l'ambassadeur américain, le consul anglais... Pour eux, un homme comme Aristidès est au-dessus du soupçon!

— Ne vous énervez pas, Leblanc! Croyez-moi, nous ne sommes pas encore battus!

— J'envie votre optimisme!... Pourquoi souriez-vous?

— Parce que je songe aux merveilles de la science et, plus précisément, aux derniers perfectionnements apportés au compteur Geiger.

— Je ne suis pas au courant. Je ne suis pas un scientifique.

— Moi non plus. Seulement, cet appareil ultra-sensible, qui permet de détecter les radiations radioactives, nous confirme que nos amis sont bien ici. Ces bâtiments ont été à dessein construits de façon à tromper qui y pénètre. Les couloirs se ressemblent tous, les pièces sont toutes pareilles, on ne sait jamais où l'on se trouve et on n'a pas la moindre idée du plan de l'ensemble. Je puis pourtant vous affirmer qu'il y a toute une partie de l'édifice que nous n'avons pas vue, parce qu'on ne nous l'a pas montrée.

— C'est la radioactivité qui vous autorise à dire ça?

— Tout juste!

— Encore une histoire dans le genre des perles?

— Si vous voulez. Nous jouons encore au Petit Poucet. Mais, cette fois, il ne s'agit plus de perles perdues ou de mains phosphorescentes. C'est plus subtil! Il n'y a rien à voir. Ce qu'on cherche, on ne peut le trouver qu'avec ce détecteur dont je vous parlais...

— Ça suffira?

— Ça devrait suffire. Ce que je crains...

Leblanc termina la phrase que Jessop avait laissée inachevée.

— Je devine, dit-il. Ce que vous redoutez, c'est la mauvaise volonté de nos compagnons de voyage. *Ils n'ont pas la moindre envie de nous croire,* je l'ai constaté tout de suite. Jusqu'à votre consul qui se tient sur une prudente réserve! Le gouvernement anglais a eu souvent recours aux bons offices d'Aristidès. Quant au nôtre...

Il eut un haussement d'épaules découragé.

— Le ministre sera dur à convaincre, je vous en fiche mon billet!

— D'accord! déclara Jessop. Les gouvernements ont les mains liées. Nous avions besoin d'avoir ici leurs représentants, parce qu'ils sont seuls à pouvoir prendre des décisions, mais, pour le reste, ce n'est pas sur eux que je compte, et ce n'est pas à eux que je fais confiance.

— Non?

— Non. Je joue les journalistes. Quant ils ont flairé une information intéressante, ils ne lâchent pas la piste et on ne la leur fait pas abandonner. Si incroyable qu'une chose leur paraisse, ils sont toujours prêts à la croire, si c'est possible. Je leur fais confiance. Et aussi à ce sourd que vous voyez là-bas.

— Celui qui a l'air d'avoir déjà un pied dans la tombe?

— Oui. Il est sourd, à moitié aveugle et il traîne la patte. Seulement, il a la passion de la vérité. Il a été Lord Chief Justice et, si diminué qu'il soit physiquement, il demeure une intelligence brillante, avec ce sens inné de la justice qui fait les grands magistrats. Si quelqu'un manœuvre pour empêcher la vérité de se manifester, il s'en rendra compte tout de suite et, dès ce moment-là, il sera notre allié.

Les apéritifs circulaient. En une allocution de style assez ampoulé, le ministre remercia M. Aristidès de son hospitalité et le félicita de l'œuvre qu'il avait accomplie. L'ambassadeur américain ajouta quelques mots, puis le ministre, un peu nerveux, reprit la parole :

— Je crois, messieurs, qu'il ne nous reste plus qu'à prendre congé de notre hôte. Nous avons vu *tout ce qu il y avait à voir...*

Il avait insisté sur ces derniers mots de façon significative. Il marqua une pause et poursuivit :

— L'œuvre de notre ami est au-dessus de tout éloge. Nous ne pouvons que lui exprimer une fois encore notre admiration avant de nous retirer en lui disant « au revoir ». Nous sommes tous d'accord ?

Son regard parcourait l'assemblée et le sens caché de ses paroles n'échappait à personne. En fait, il disait : « Vous avez pu vous rendre compte, messieurs, qu'il n'y a rien ici de ce que nous suspections et craignions. C'est pour nous un réel soulagement et nous pouvons partir, la conscience apaisée. »

Il allait faire un premier pas vers la porte quand, dans le silence, une voix s'éleva. C'était, respectueuse, calme et ferme, celle de Jessop. Il s'exprimait en un français simple, mais correct.

— Avec votre permission, monsieur le ministre, j'aimerais demander une faveur à l'hôte qui nous a si aimablement reçus.

— Mais, certainement, monsieur... Jessop, je crois ?

Sans s'adresser directement à Aristidès, le regard tourné vers Van Heidem, Jessop parla.

— Nous avons, dit-il, rencontré beaucoup de personnes vivant ici. Il en est une, pourtant, que je n'ai pas vue et avec qui j'aurais aimé échanger quelques mots. Je me demande s'il me serait possible de la voir avant mon départ. Il s'agit d'un vieil ami à moi.

— Un de vos amis ? dit Van Heidem, sur un ton de surprise polie.

— J'aurais dû dire deux de mes amis : une femme, Mrs. Olive Betterton, et Tom, son époux. Je crois qu'il travaille ici. Il était à Harwell, autrefois, et, avant cela, aux États-Unis. J'aimerais les voir, l'un et l'autre, avant de m'en aller.

Le Dr Van Heidem jouait son rôle en bon comédien. L'étonnement se lisait sur son visage.

— Betterton ?... Il ne me semble pas que nous ayons ici personne de ce nom.

— Il y a aussi un Américain, reprit Jessop. Andrew Peters

Un chimiste, si je ne m'abuse. Je ne me trompe pas, n'est-ce pas, monsieur l'ambassadeur?

Il se tournait vers le diplomate, un homme d'une quarantaine d'années, honnête et subtil tout ensemble. La réponse tarda un peu, mais elle vint :

— C'est exact. Andrew Peters. Je serais content de le voir.

Van Heidem semblait de plus en plus surpris. Jessop, du coin de l'œil, observait Aristidès. Le vieillard ne laissait paraître ni étonnement, ni inquiétude. On eût dit que la discussion ne l'intéressait pas.

— Andrew Peters? répondit Van Heidem. Je ne vois pas... J'ai bien peur, Excellence, que vous ne fassiez erreur. Il ne me semble même pas connaître le nom.

— Mais, lança Jessop, le nom de Thomas Betterton, vous le connaissez, je pense?

Van Heidem hésita une seconde. Résistant à la tentation de consulter son maître du regard, il dit :

— Thomas Betterton?... Oui, je crois...

Un des journalistes intervint :

— Vous ne pouvez pas ne pas le connaître! On a assez parlé de lui dans les journaux, il y a six mois, quand il a disparu! Pendant des semaines, il n'a été question que de lui et la police l'a cherché partout. D'après ce que je viens d'entendre, il aurait été ici tout le temps?

— Certainement pas! répondit Van Heidem d'un ton sec. Je crains, messieurs, que vous n'ayez été mal renseignés. Vous avez vu aujourd'hui toutes les personnes qui travaillent à l'Unité.

— Pas toutes! dit Jessop avec tranquillité. Nous n'avons vu ni le Dr Barron, ni un certain Ericsson. Il pourrait bien aussi y avoir une Mrs. Calvin Baker...

Van Heidem parut soulagé.

— Vous parlez là des victimes d'un accident d'avion assez récent et, maintenant, je me souviens parfaitement. Au moins en ce qui concerne Ericsson et le Dr Louis Barron. Ils sont morts, l'un et l'autre, dans la catastrophe et la Fance ce jour-là, a fait une grande perte. On ne remplace pas facilement un Louis Barron.

Il hocha la tête avec tristesse et poursuivit :

— Quant à cette Mrs. Baker dont vous parlez, je ne crois pas me rappeler qu'il y ait eu une Américaine ou une Anglaise dans l'appareil. Ou, alors, peut-être s'agissait-il de cette Mrs. Betterton à laquelle vous faisiez allusion tout à l'heure.

Tourné vers Jessop et s'adressant plus spécialement à lui, il dit encore :

— L'avion s'est écrasé en territoire marocain, mais je ne vois pas pourquoi vous pensez, monsieur, que toutes ces personnes se rendaient ici. Le Dr Barron avait peut-être dit qu'il profiterait de son voyage en Afrique du Nord pour nous rendre visite et ceci expliquerait votre erreur.

— Car, d'après vous, demanda Jessop, je me tromperais? Aucune de ces personnes ne serait ici?

— Comment la chose se pourrait-elle, puisqu'elles ont péri dans l'accident? Les corps, je crois, ont été retrouvés.

— Tellement calcinés que toute identification fut impossible!

Jessop avait prononcé ces derniers mots très lentement, en articulant avec soin. Dans son dos, une petite voix s'éleva.

— Est-ce à dire que les victimes de cet accident n'ont pas été formellement identifiées?

Jessop se retourna vers celui qui venait de parler. C'était lord Alverstoke. Il tenait sa main droite en cornet autour de son oreille et ses yeux, qui voyaient à peine cherchaient ceux de Jessop.

— L'identification était matériellement impossible, dit le policier, et j'ai des raisons de croire que ces personnes sont toujours vivantes.

— De *croire?*

Il y avait, dans le ton, une sorte de désappointement. Jessop rectifia :

— J'aurais dû dire que j'ai la preuve que ces personnes ne sont pas mortes.

— Quelle preuve, monsieur Jessop?

— Quand elle a quitté Fez pour Marrakech, Mrs. Betterton portait un collier de perles fausses. Une de ces perles a été ramassée à plus d'un demi-mille de distance de l'endroit où l'avion a brûlé.

— Vous êtes sûr que cette perle provenait du collier de Mrs. Betterton?

— Absolument. Comme toutes les autres, elle portait une marque invisible à l'œil nu, mais très distincte sous le microscope.

— Cette marque, qui l'avait faite?

— Moi-même, lord Alverstoke. Devant M. Leblanc, mon collègue français, ici présent.

— Et vous aviez des raisons... particulières de marquer ces perles ?

— Oui. J'étais convaincu que Mrs. Betterton me conduirait jusqu'à son mari, Thomas Betterton, lequel est sous le coup d'un mandat d'arrêt. D'autres perles ont été retrouvées sur le trajet qui va de l'endroit où l'avion s'est abattu à celui où nous sommes en ce moment. L'enquête a établi que, partout où une perle a été récupérée, on a vu six voyageurs, dont le signalement correspond sensiblement à celui des personnes qui sont censées avoir péri dans cet accident. Nous avions donné à l'un deux un gant imprégné d'un enduit phosphorescent. Cette main lumineuse, on l'a aperçue sur un véhicule dans lequel la petite troupe en question a fait une partie du chemin.

— Curieux, dit lord Alverstoke.

Dans son fauteuil, M. Aristidès s'agitait. Ses paupières battirent à deux ou trois reprises, puis il posa une question.

— Où a-t-on relevé pour la dernière fois la trace de ces voyageurs ?

— Sur un ancien terrain d'aviation.

Jessop précisa l'endroit.

— C'est à plusieurs centaines de milles d'ici, dit M. Aristidès. Admettons que votre hypothèse soit fondée, que, pour un motif que nous ignorons, cet accident ait été... truqué, il reste que les passagers de l'avion se sont, un peu plus tard, envolés de ce terrain désaffecté. Ce terrain étant fort loin d'ici, je ne vois pas ce qui vous autorise à penser que ces gens se rendaient ici. Qu'est-ce qu'ils seraient venus y faire ?

— Ce qui me porte à affirmer que je ne me trompe pas, répondit Jessop, c'est qu'un de nos avions de reconnaissance a capté un message, transmis à M. Leblanc. Le texte précisait que les personnes que nous cherchons se trouvaient dans une léproserie.

— Voilà qui est étrange, déclara M. Aristidès. J'incline à penser qu'on s'est efforcé de vous lancer sur une fausse piste. Pour moi, je puis vous certifier une chose : ces personnes ne sont pas ici.

Le ton était définitif.

— Au surplus, ajouta M. Aristidès, je vous autorise à faire toutes les recherches que vous voudrez.

— Je sais où elles devraient commencer.

— Et où donc?

— Dans le quatrième couloir, après le laboratoire II, dans le petit passage qui s'ouvre à gauche.

Un brusque mouvement de Van Heidem fit tomber deux verres sur le plancher. Jessop se tourna vers le maladroit.

— Vous voyez, docteur, que je suis renseigné!

Van Heidem répliqua d'un ton aigre.

— Supposition absurde! Vous insinuez que nous retenons ici des personnes contre leur volonté. C'est faux! Mon démenti est formel.

Le ministre se sentait mal à l'aise.

— Il semble, dit-il, que nous soyons arrivés dans une impasse.

M. Aristidès sourit.

— L'hypothèse ne manquait pas d'intérêt, mais elle n'était qu'une hypothèse.

Il regarda sa montre.

— Me pardonnerez-vous, messieurs, de vous conseiller de partir maintenant? L'aéroport est assez loin et sans doute s'inquiétera-t-on si votre avion a du retard...

Leblanc et Jessop se rendaient compte que la partie ne se prolongerait plus longtemps. Aristidès se lançait dans la bataille, avec toute la force de sa puissante personnalité. Il défiait ses adversaires de s'opposer plus avant à ses volontés. Ou ils s'inclinaient et tout était bien, ou ils s'y refusaient et l'on entrait dans l'inconnu. Fidèle observateur des consignes, le ministre n'avait que le désir de capituler. Les hauts fonctionnaires qui l'accompagnaient souhaitaient uniquement lui être agréables. Mécontent de la tournure qu'avait prise le débat, mais soucieux d'éviter les complications, l'ambassadeur américain préférait vraisemblablement considérer l'incident comme clos. Le consul anglais suivrait la majorité. Restaient les journalistes...

Aristidès les regardait. Avec eux, il était sûr de s'arranger. Leur prix serait peut-être élevé, mais il était prêt à payer. Et, s'ils n'étaient pas à vendre, il avait d'autres moyens de les réduire au silence.

Évidemment, Jessop et Leblanc, eux, *savaient*. Mais, seuls, ils ne pouvaient rien. Il y avait bien aussi ce vieillard qui avait parlé tout à l'heure, ce lord, qui lui non plus ne pouvait être acheté, mais...

Ce fut pourtant la voix menue et précise de lord Alverstoke qui arracha Aristidès à ses réflexions.

— Je crois, dit le vieillard, que nous manquerions à nos devoirs en précipitant notre départ. Nous nous trouvons en présence d'une affaire qui, à mes yeux, réclame un complément d'enquête. De graves accusations ont été portées. Nous ne pouvons les écarter purement et simplement et, en bonne justice, nous devons donner à ceux qu'elles visent la possibilité de démontrer qu'elles ne reposent sur rien.

M. Aristidès eut un geste gracieux à l'adresse de ses visiteurs.

— C'est à vous, messieurs, que la preuve incombe. Je me borne, quant à moi, à répéter que ces accusations sont gratuites et non fondées.

— Elles sont fondées.

Van Heidem se retourna stupéfait. Celui qui avait parlé se trouvait derrière lui. C'était un Marocain, au visage noir et huileux. Coiffé d'un turban, il portait une robe blanche, ornée de broderies multicolores. Toutes les têtes s'étaient tournées vers lui et la surprise se lisait sur les traits de chacun : l'homme, de toute évidence un indigène, avait l'accent américain.

— Elles sont fondées, répéta-t-il.

Puis, s'exprimant en un excellent anglais, il poursuivit :

— Ces messieurs prétendent que Torquil Ericsson, Andrew Peters, Thomas Betterton, Olive Betterton et le Dr Barron ne sont pas ici. Ils mentent. *Tous sont ici* et c'est en leur nom que je parle.

Avançant de quelques pas, il alla à l'ambassadeur américain.

— Il vous est, monsieur l'ambassadeur, assez difficile de me reconnaître sous mon déguisement. Je n'en suis pas moins Andrew Peters !

Impassible, M. Aristidès contemplait la scène.

— Vous trouverez ici, reprit Peters, non pas seulement les personnes que je viens de nommer, mais aussi quantité d'autres : Schwarz, de Munich, Helga Needheim, Jeffreys et Davidson, les chimistes anglais, l'Américain Paul Wade, Murchinson, les Italiens Ricochetti et Bianco. Ils sont ici, tous. Enfermés dans des bâtiments dont l'existence même est presque impossible à déceler. Il y a tout un réseau de laboratoires secrets, creusé à même le roc.

L'ambassadeur sourit.

— J'ai beau vous regarder, je n'arrive pas à vous reconnaître !

— Je me suis injecté de la paraffine sous les lèvres et mon teint...

— Si vous êtes réellement Peters, quel est votre numéro matricule au F.B.I. ?

— 813.417.

— Exact. Et quelles sont les initiales de votre nom véritable ?

— B.A.P.G.

L'ambassadeur hocha la tête.

— Cet homme est bien Andrew Peters.

Il s'était tourné vers le ministre. Celui-ci se racla la gorge, puis, après une dernière hésitation, il s'adressa à Peters.

— Vous prétendez qu'il y a ici des personnes qui y sont retenues contre leur volonté ?

— Oui, monsieur le ministre. Il en est d'autres qui y restent de leur plein gré.

— Dans ce cas, nous nous trouvons dans l'obligation de... recueillir des témoignages.

Le ministre semblait quêter du regard l'approbation des policiers de sa suite.

Aristidès leva la main.

— Un instant, dit-il, la voix douce et aimable. Je crois comprendre que l'on a, ici, terriblement abusé de ma confiance.

Ses yeux se posaient, impérieux et glacés, sur Van Heidem et sur le directeur :

— J'ignore encore, messieurs, ce que, dans votre enthousiasme pour l'œuvre ici entreprise, vous avez cru pouvoir vous permettre. J'ai dépensé des sommes considérables pour créer ce centre de recherches. Je ne me suis pas occupé de son organisation matérielle. Je vous conseillerais, monsieur le directeur, si les accusations que vous avez entendues reposent sur quelque chose, de faire comparaître immédiatement les personnes qui sont supposées être retenues ici illégalement.

— Mais, monsieur, c'est impossible ! Ce serait...

— J'ai dit.

Aristidès se tourna de nouveau vers ses visiteurs :

— J'ai à peine besoin de préciser, messieurs, que s'il s'est passé ici quoi que ce soit d'illégal, *je n'y suis absolument pour rien.*

Chacun comprit. Quoi qu'il arrivât, parce qu'il était riche et puissant, M. Aristidès, le grand financier international, ne serait pas compromis dans l'affaire. Il était battu, il devait renoncer à ce trust des cerveaux dont il avait espéré tirer d'immenses profits, mais sa défaite, un accident dans sa fabuleuse carrière, n'aurait pas pour lui de conséquences graves. Il l'acceptait avec philosophie. L'avenir lui ménagerait des revanches.

— Ma responsabilité est dégagée, dit encore Aristidès. Messieurs, vous avez le champ libre!

Le ministre échangea un coup d'œil avec le chef des policiers qu'il avait amenés avec lui. L'autre n'hésita plus. Il était couvert.

— Notre premier devoir, dit-il, est d'ouvrir une enquête. Je ne tolérerai pas qu'il soit fait obstacle à nos investigations.

Très pâle, Van Heidem fit deux pas vers lui.

— Si vous voulez me suivre, monsieur...

CHAPITRE XXI

Hilary s'étira.

— J'ai l'impression de m'éveiller d'un cauchemar.

Elle était à Tanger, sur la terrasse de l'hôtel, avec Tom Betterton.

— Est-ce que tout ça est vraiment arrivé? reprit-elle. Quelquefois, je me le demande!

— Moi aussi, dit Tom. C'était bel et bien un cauchemar! N'y pensons plus! Le principal, c'est que nous en sommes sortis...

Jessop vint s'asseoir près d'eux.

— Andy Peters n'est pas avec vous? s'enquit Hilary.

— Il va venir. Un petit travail à terminer...

— Vous savez que je n'en reviens pas? reprit-elle. Je n'ai pas soupçonné une seconde qu'il était un de vos agents, réalisant des merveilles avec du phosphore ou avec cet étui à cigarettes en plomb qui lui permet de détecter les masses radioactives!

— Je vous rendrai cette justice, à tous les deux, dit Jessop, que vous avez su vous montrer discrets. J'ajoute que Peters n'est pas, à proprement parler, un de mes agents. Il travaille pour les États-Unis.

— C'est à lui que vous songiez quand vous me disiez que, si je réussissais à rejoindre Tom, vous espériez que quelqu'un serait là pour me protéger?

Jessop répondit d'un mouvement de tête.

— J'espère, dit-il d'un ton bourru, que vous ne m'en voulez pas de n'avoir pas tout à fait tenu mes promesses. L'aventure n'a pas fini comme vous le souhaitiez.

Elle le regarda, étonnée.

— Comment cela?

— Ne vous l'avais-je pas proposée comme un mode de suicide original et utile?

Elle sourit.

— Je ne m'en souvenais plus. Encore une chose dont j'ai du mal à croire qu'elle a réellement existé! Je suis Olive Betterton depuis si longtemps que je m'habitue difficilement à être de nouveau Hilary Craven.

— Ah! voici notre ami Leblanc. Excusez-moi, j'ai deux mots à lui dire!

Jessop se leva pour aller retrouver le Français à l'autre bout de la terrasse.

— Olive, dit Tom, voulez-vous me rendre un service? Ça ne vous gêne pas que je continue à vous appeler Olive?

— Du tout. De quoi s'agit-il?

— Vous allez faire avec moi quelques pas sur la terrasse, puis vous reviendrez vous asseoir et si on vous demande où je suis, vous direz que je suis allé m'étendre un peu dans ma chambre.

— Et... qu'allez-vous faire?

— M'en aller, pendant que la voie est encore libre.

— Mais où irez-vous?

— N'importe où!

— Mais pourquoi partir?

— Raisonnez, ma chère enfant! Ce qu'il peut m'arriver ici, je l'ignore, parce que Tanger est une ville internationale, au statut très particulier. Seulement, je sais ce qu'il se passera si je reste avec vous jusqu'à Gibraltar. Je n'aurai pas mis le pied sur le sol que je serai coffré!

Les traits de Hilary prirent une expression attristée. Dans la joie de sa liberté retrouvée, elle avait oublié les ennuis personnels de Tom.

— Mais, Tom, dit-elle, où irez-vous?

— Je vous l'ai dit : n'importe où!

— Vous avez de l'argent?

Il ricana :

— Oui. Il est en sûreté, déposé quelque part où je n'aurai aucune difficulté pour le retirer, même quand j'aurai changé de nom.

— Ainsi, vous avez effectivement touché de l'argent?

— Naturellement!

— Mais la police vous retrouvera!

— Pas si facilement que vous croyez. Elle a mon signalement, mais il ne correspond plus à mon nouveau visage. La chirurgie esthétique a du bon. Grâce à elle et à l'argent que j'ai de côté, je suis tranquille jusqu'à la fin de mes jours, à condition de ne jamais rentrer en Angleterre.

Hilary restait sceptique.

— J'ai idée que vous commettez une erreur et que vous feriez mieux de regagner Londres, avec toutes les conséquences que cela peut impliquer. Après tout, nous ne sommes plus en temps de guerre! Vous écoperiez peut-être d'une courte peine de prison? Et après? Vous préférez être un homme traqué pour tout le reste de votre vie?

— Vous ne comprenez pas. Venez! Il n'y a plus de temps à perdre.

— Comment pensez-vous sortir de Tanger?

— Je m'arrangerai. Ne vous en faites pas!

Elle se leva, ne sachant plus que dire. Ce service que Tom lui demandait, elle le lui rendrait. Pourtant, et bien qu'elle eût vécu à côté de lui durant des semaines, il était resté pour elle comme un étranger. Elle n'avait pour lui ni amitié, ni sympathie véritable.

Ils s'arrêtèrent au bout de la terrasse, près d'une petite porte ouvrant sur un sentier qui, serpentant au flanc de la colline, descendait vers le port.

— Je vais filer par là, dit Betterton. Merci... et au revoir!

— Bonne chance!

Il ouvrit la porte et, vivement, recula de deux pas. Trois hommes étaient de l'autre côté, qui lui barraient le passage. Deux d'entre eux entrèrent sur la terrasse.

— Thomas Betterton, dit le premier, d'un ton très officiel, j'ai sur moi un mandat d'arrêt vous concernant. J'ai mission de vous garder à vue jusqu'à ce que soient terminées les formalités relatives à votre extradition.

Le premier moment de surprise passé, Tom s'était ressaisi.

— Il n'y a qu'un malheur! s'écria-t-il. C'est *que je ne suis pas Tom Betterton.*

Le troisième homme vint rejoindre les deux autres. Tom, à ce moment-là seulement, reconnut Andrew Peters.

Tom éclata de rire.

— Expliquons-nous! Parce que vous m'avez connu vivant

sous le nom de Thomas Betterton, vous vous figurez que je suis Thomas Betterton. Or, je le répète, je ne suis pas Tom Betterton. J'ai rencontré Betterton à Paris et j'ai pris sa place. Si vous ne me croyez pas, demandez à cette dame! Elle est venue me rejoindre, en se donnant pour ma femme, et je l'ai effectivement reconnue comme telle. Est-ce exact?

La question s'adressait à Hilary, qui répondit d'un signe de tête.

— Et, si j'ai dit qu'elle était ma femme, c'est justement parce que, n'étant pas Thomas Betterton, je ne connaissais pas Mrs Betterton. Naturellement, quand elle m'a interrogé, je lui ai raconté tout autre chose. Mais ce que je vous dis, c'est la pure vérité!

Riant de nouveau, il conclut :

— Je ne suis pas Tom Betterton. Prenez n'importe quelle photo de Betterton et regardez-moi! Vous serez fixés.

Andrew Peters vint près de lui.

— J'ai vu des photos de Betterton, dit-il d'un ton tranchant, et je conviens que vous ne leur ressemblez plus, mais vous n'en êtes pas moins Tom Betterton. Et je le prouve! Si vous êtes Betterton, vous avez sur l'avant-bras droit une cicatrice en forme de Z!

En quelques gestes rapides, il avait dépouillé Betterton de son veston. Vivement, il retroussa la manche de la chemise.

— Voilà la cicatrice! s'écria-t-il. Il y a, aux États-Unis, deux assistants de laboratoire qui la reconnaîtront. Pour moi, je tenais le renseignement d'Elsa.

Tom Betterton avait pâli.

— Elsa? Qu'est-ce qu'elle vient faire là-dedans?

— Vous désirez savoir de quoi vous êtes accusé? On va vous le dire!

— Andy se tourna vers les policiers qui l'accompagnaient.

— Tom Betterton, dit l'un d'eux, vous êtes accusé du meurtre avec préméditation d'Elsa Betterton, votre épouse.

CHAPITRE XXII

— Je suis désolé, Olive. Pas pour lui, mais à cause de vous! A cause de vous, j'aurais voulu lui donner une chance. J'ai essayé. Rappelez-vous! Je vous ai dit, un jour, qu'il vaudrait mieux pour lui ne jamais quitter l'Unité. Je vous ai dit ça, et pourtant j'avais traversé la moitié du globe pour lui faire payer son crime!

— Je ne comprends plus!... D'abord, qui êtes-vous?

— Je croyais que vous l'aviez deviné. Je m'appelle Boris Andrei Pavlov Glydr et je suis le cousin d'Elsa. J'avais quitté la Pologne, mon pays natal, pour aller achever mes études aux États-Unis. Sur le conseil de mon oncle, qui ne voyait pas sans inquiétude l'évolution des événements en Europe, je demandai ma naturalisation américaine et pris le nom d'Andrew Peters. La guerre survint, qui me ramena en Europe. Je travaillais pour la Résistance et je réussis à faire quitter la Pologne à mon oncle et à Elsa, puis à les faire entrer aux États-Unis. Elsa je vous ai déjà parlé d'elle. Je vous ai dit qu'elle serait devenue une autre Mme Curie. C'est à elle, à elle uniquement, qu'on doit la découverte de la fission ZE. Betterton était un jeune Canadien, travaillant dans les laboratoires de Mannheim, un homme qui connaissait son affaire, mais rien de plus. Il fit la cour à Elsa et il l'épousa, non par amour, mais à seule fin de se trouver associé à ses travaux. Quand elle eut pratiquement terminé ses recherches, quand il eut la certitude que la fission ZE allait être quelque chose de sensationnel, de sang-froid, délibérément, il assassina Elsa. Par le poison.

— Non! Je ne veux pas vous croire!

— Il faut me croire, Olive. A l'époque, il ne fut pas soupçonné. La mort d'Elsa semblait l'avoir laissé terriblement abattu. Il se remit au travail avec une sorte d'acharnement, puis, au bout d'un certain temps, il annonça la découverte de la fission ZE. Il la revendiqua pour lui seul et elle lui apporta ce qu'il espérait. Il était désormais un savant de réputation mondiale. Une certaine prudence, pourtant, l'incita à quitter les États-Unis pour l'Angleterre. Il s'installa à Harwell.

« La guerre finie, j'étais resté en Europe, où ma connaissance de l'allemand, du russe et du polonais, me permettait de me rendre utile. J'avais hâte, pourtant, de rentrer aux États-Unis. Elsa m'avait écrit, peu avant de mourir, et cette maladie dont elle me parlait dans sa lettre me semblait mystérieuse, inexplicable. De retour aux U.S.A., je commençai une enquête, dont je vous épargne le détail, mais qui m'apprit tout ce que je désirais savoir. J'obtins l'autorisation de faire exhumer le corps d'Elsa et une autopsie suivit, qui fut concluante. Un de mes amis, qui travaillait dans le bureau du District Attorney, se rendit en Europe vers la même époque, en voyage d'agrément, et je crois qu'yant rencontré Betterton il lui parla de cette exhumation, dont il était question au moment de son départ. Betterton se rendit compte que les choses risquaient de se gâter. J'imagine qu'il avait déjà été approché par les envoyés d'Aristidès et que l'idée lui vint que c'était là un sûr moyen d'échapper à la justice. Il prit soin de faire préciser dans son contrat que les chirurgiens spécialisés de l'Unité lui sculpteraient un nouveau visage, puis il disparut. Il ne s'attendait pas, évidemment, à trouver là-bas une véritable prison. Prison dans laquelle sa situation devint dangereuse, car il était incapable de fournir, sur le plan scientifique, le travail qu'on attendait de lui. La fission ZE supposait du génie. Or, ce génie ce n'était pas lui qui le possédait...

— Et vous avez décidé...

— ... De le retrouver, oui. Ma résolution fut prise au lendemain de sa disparition; je me rendis en Angleterre. Certaines ouvertures avaient été faites à un savant de mes amis par une Mrs. Speeder, qui travaillait à l'O.N.U. A Londres, j'appris que cette dame avait rencontré Betterton. Je m'arrangeai pour lui être présenté. J'essayai de provoquer ses confidences, en lui disant que j'étais très à gauche et, aussi, en insistant sur mes connaissances scientifiques que j'exagérais. Je croyais Betterton derrière le Rideau de Fer, où il pensait que nul ne viendrait le chercher. Mais moi j'étais résolu à le faire. Elsa, en plus de sa valeur, était une très jolie et très charmante femme. Savoir qe l'homme qu'elle avait aimé, après lui avoir volé ses découvertes, l'assassine! Un tel homme, si je le pouvais, je le tuerais de mes propres mains!

— Je vous comprends.

— Dès mon arrivée en Angleterre, je vous ai écrit, vous expliquant tout en signant ma lettre de mon nom polonais.

Il regarda Hilary, attendant quelques mots qui ne vinrent pas. Il poursuivit :

— Vous n'avez pas dû me croire, puisque vous ne m'avez jamais répondu. Ensuite, je suis allé voir les gens de l'Intelligence Service, à qui j'ai commencé par donner la comédie. J'étais le type achevé de l'officier polonais. Raide, d'une politesse un peu sèche, terriblement « étranger ». Je n'ai inspiré confiance à personne. Mais, Jessop et moi, nous avons fini par nous entendre.

Après quelques secondes de silence, il dit encore :

— Ce matin, j'en ai terminé avec ma tâche. Betterton sera extradé et transporté aux États-Unis, où il sera jugé. S'il est acquitté, je n'aurai rien à dire.

Il ajouta, d'un air sombre :

— Mais on le condamnera. Il y a trop de preuves!

Il y eut un nouveau silence. Ils regardaient tous deux les jardins inondés de soleil, descendant en pente douce vers la mer.

— Ce qui me navre, reprit-il, c'est que vous êtes allés le rejoindre et que, dès notre première rencontre, je suis tombé amoureux de vous. C'est lamentable, mais je n'y peux rien. Je vous aime et c'est moi qui envoie votre mari à la chaise électrique! Vous me le pardonnerez peut-être, mais vous ne l'oublierez jamais.

Il se leva.

— Voilà! conclut-il. Cette histoire, je voulais que vous l'entendiez de ma bouche. Adieu!

Il s'éloignait. Elle le rappela.

— Un instant! Il y a quelque chose que vous ne savez pas. Je ne suis pas la femme de Betterton. Olibe Betterton est morte à Casanblanca. C'est Jessop qui m'a persuadée de me substituer à elle.

Il s'était retourné. Debout devant elle, il la regardait avec stupeur.

— Vous n'êtes pas Olive Betterton?

— Non.

— Ça, alors!

Il se laissa tomber lourdement dans le fauteuil qu'il venait de quitter.

— Olive!... Ma petite Olive!

— Ne m'appelez pas Olive! Mon nom, c'est Hilary! Hilary Craven.

— Hilary?... Il faudra que je m'habitue!

Sa main se posa sur celle de la jeune femme...

A l'autre extrémité de la terrasse, Jessop, qui discutait avec Leblanc certaines difficultés d'ordre technique, interrompit son collègue au milieu d'une phrase.

— Vous disiez?

— Je disais, mon cher ami, que nos efforts n'aboutiront pas : Aristidès ne sera pas poursuivi.

— Je le sais. Les Aristidès gagnent toujours. Ils s'arrangent pour vous glisser entre les doigts. Ma seule consolation, c'est de penser que le bonhomme perd beaucoup d'argent dans l'aventure, ce qui doit lui être pénible, et qu'il n'est pas éternel. J'ai bien l'impression qu'il sera appelé, avant longtemps, à rendre des comptes à un juge que ses mensonges n'abuseront pas.

— Que regardez-vous donc avec tant d'attention?

— Dites « qui »! Vous ne voyez pas, là-bas, Hilary Craven et Andrew Peters? J'ai lancé Hilary vers une « destination inconnue », mais il me semble que son voyage s'achève, après tout, de la façon habituelle.

Leblanc fronça le sourcil, réfléchissant.

— J'y suis! s'écria-t-il. C'est du Shakespeare!

Jessop sourit.

— Les Français, dit-il, sont très cultivés.

Les Reines du Crime

Nouvelles venues ou spécialistes incontestées, les grandes dames du roman policier dans leurs meilleures œuvres.

BLACKMON Anita
1912 On assassine au Richelieu
1956 On assassine au Mont-Lebeau

BRAND Christianna
1877 Narcose
1920 Vous perdez la tête

CANNAN Joanna
1820 Elle nous empoisonne

CHRISTIE Agatha
(86 titres parus, voir catalogue général)

CURTISS Ursula
1974 La guêpe

DISNEY Dorothy C.
1937 Carnaval

DISNEY D.C. & PERRY G.
1961 Des orchidées pour Jenny

EBERHARDT Mignon
1825 Ouragan

GOSLING Paula
1971 Trois petits singes et puis s'en vont
1999 L'arnaque n'est plus ce qu'elle était *(mars 90)*

KALLEN Lucille
1816 Greenfield connaît la musique
1836 Quand la souris n'est pas là...

LEE Gypsy Rose
1893 Mort aux femmes nues
1918 Madame mère et le macchabée

LE FAUCONNIER Janine
1639 Le grain de sable
1915 Faculté de meurtres *(Prix du Festival de Cognac 1988)*

LONG Manning
1831 On a tué mon amant
1844 L'ai-je bien descendue?
1988 Aucun délai

McCLOY Helen
1841 En scène pour la mort
1855 La vérité qui tue

McGERR Pat
1903 Ta tante a tué

McMULLEN Mary
1921 Un corps étranger

MILLAR Margaret
723 Son dernier rôle
1845 La femme de sa mort
1896 Un air qui tue
1909 Mortellement vôtre
1982 Les murs écoutent
1994 Rendons le mal pour le mal *(fév. 90)*
1996 Des yeux plein la tête *(mars 90)*
2010 Un doigt de folie *(mai 90)*

MOYES Patricia
1824 La dernière marche
1856 Qui a peur de Simon Warwick?
1865 La mort en six lettres
1914 Thé, cyanure et sympathie

NATSUKI Shizuko
1861 Meurtre au mont Fuji
1959 La promesse de l'ombre *(Prix du Roman d'Aventures 1989)*

NIELSEN Helen
1873 Pas de fleurs d'oranger

RADLEY Sheila
1977 Trois témoins qui lui voulaient du bien

RENDELL Ruth
1451 Qui a tué Charlie Hatton?
1501 Fantasmes
1521 Le pasteur détective
1563 L'enveloppe mauve *(mai 90)*
1582 Ces choses-là ne se font pas
1616 Reviens-moi
1629 La banque ferme à midi
1649 Le lac des ténèbres
1718 La fille qui venait de loin
1815 Morts croisées
1951 Une amie qui vous veut du bien
1965 La danse de Salomé

1978 La police conduit le deuil
1989 La maison de la mort
2000 Le jeune homme et la mort *(mars 90)*
2015 Meurtre indexé *(juin 90)*

RICE Craig
1835 Maman déteste la police
1862 Justus, Malone & Co
1870 Malone et le cadavre en fuite
1881 Malone est à la noce
1899 Malone cherche le 114
1924 Malone quitte Chicago
1962 Malone met le nain au violon

RUTLEDGE Nancy
1830 La femme de César

SEELEY Mabel
1871 D'autres chats à fouetter
1885 Il siffle dans l'ombre

SIMPSON Dorothy
1852 Feu le mari de madame

THOMSON June
1781 L'ombre du traitre
1857 Finch se jette à l'eau
1886 Plus rude sera la chute
1900 Sous les ponts de Wynford
1948 Dans la plus stricte intimité
1995 Hamlet or not Hamlet *(fév. 90)*

YORKE Margaret
1958 Morte et pas fâchée de l'être

LE MASQUE

AMELIN Michel
1952 Les jardins du casino
(Prix du Festival de Cognac 1989)

BACHELLERIE
1791 L'île aux muettes
(Prix du roman d'Aventures 1985)
1795 Pas de quoi noyer un chat
(Prix du Festival de Cognac 1985)
1796 Il court, il court, le cadavre
1800 La rue des Bons-Apôtres

BRETT Simon
1787 Le théâtre du crime
1813 Les coulisses de la mort
1972 Les gens de Smithy's

BURLEY W.J.
1762 On vous mène en bateau

CHRISTIE Agatha
(86 titres parus, voir catalogue général)

COLLINS Max Allan
1966 Un week-end tuant

EXBRAYAT
(96 titres parus, voir catalogue général)

GRISOLIA Michel
1846 L'homme aux yeux tristes
1847 La madone noire
1874 La promenade des anglaises
1890 650 calories pour mourir
1930 Question de bruit ou de mort

HALTER Paul
1878 La quatrième porte
(Prix du Festival de Cognac 1987)
1922 Le brouillard rouge
(Prix du roman d'Aventures 1988)
1931 La mort vous invite
1967 La mort derrière les rideaux
2002 La chambre du fou *(mars 90)*

HAUSER Thomas
1853 Agathe et ses hommes

JONES Cleo
1879 Les saints ne sont pas des anges

LECAYE Alexis
1963 Un week-end à tuer

SALVA Pierre
1739 Quand le diable ricane
1828 Le diable au paradis perdu

TAYLOR Elizabeth A.
1810 Funiculaire pour la morgue

TERREL Alexandre
1733 Rendez-vous sur ma tombe
1749 Le témoin est à la noce
(Prix du Roman d'Aventures 1984)
1757 La morte à la fenêtre
1777 L'homme qui ne voulait pas tuer
1792 Le croque-mort de ma vie
1801 Le croque-mort s'en va-t-en bière
1822 Le croque-mort et les morts vivants
1867 Le croque-mort et sa veuve
1925 Le croque-mort a croqué la pomme
1997 Le croque-mort s'en mord les doigts *(mars 90)*

UNDERWOOD Michaël
1817 Trop mort pour être honnête
1842 A ne pas tuer avec des pincettes

VARGAS Fred
1827 Les jeux de l'amour et de la mort
(Prix du Festival de Cognac 1986)

Le Club des Masques

BARNARD Robert
535 Du sang bleu sur les mains
557 Fils à maman

CASSELLS John
465 Solo pour une chanteuse

CHRISTIE Agatha
(86 titres parus, voir catalogue général)

DIDELOT Francis
524 La loi du talion
488 Le double hallali

ENDRÈBE Maurice Bernard
543 Gondoles pour le cimetière

EXBRAYAT
(96 titres parus, voir catalogue général)

FERRIÈRE Jean-Pierre
515 Cadavres en vacances
536 Cadavres en goguette

FOLEY Rae
527 Requiem pour un amour perdu

HINXMAN Margaret
542 Le cadavre de 19 h 32 entre en gare

KRUGER Paul
513 Brelan de femmes

LONG Manning
519 Noël à l'arsenic
529 Pas d'émotions pour Madame

SALVA Pierre
503 Le trou du diable

SIMPSON Dorothy
533 Le chat de la voisine

STEEMAN Stanislas-André
586 L'assassin habite au 21
587 Six hommes morts
588 Le condamné meurt à 5 heures
589 Légitime défense (Quai des Orfèvres)
590 Le trajet de la foudre
592 La nuit du 12 au 13
594 Le mannequin assassiné *(mars 90)*
596 Un dans trois *(mai 90)*

THOMSON June
521 La Mariette est de sortie
532 Champignons vénéneux

UNDERWOOD Michaël
531 La main de ma femme
538 La déesse de la mort

IMPRIMÉ EN FRANCE PAR BRODARD ET TAUPIN
Usine de La Flèche (Sarthe).
ISBN : 2 - 7024 - 1090 - 1
ISSN : 0768 - 1070

H 52/0526/5